내게 왔던 그 모든 당신

내게 왔던 그 모든 당신

초판 1쇄 발행 / 2021년 12월 24일
초판 2쇄 발행 / 2022년 6월 10일

지은이 / 안도현
펴낸이 / 강일우
책임편집 / 박지영
조판 / 박아경
펴낸곳 / (주)창비
등록 / 1986년 8월 5일 제85호
주소 / 10881 경기도 파주시 회동길 184
전화 / 031-955-3333
팩시밀리 / 영업 031-955-3399
　　　　　편집 031-955-3400
홈페이지 / www.changbi.com
전자우편 / lit@changbi.com

ⓒ 안도현 2021
ISBN 978-89-364-7895-7 03810

내게 왔던 그 모든

당신

안도현
산문집

창비

40년 동안 끌어안고 살던 것들을 트럭에 싣고 전주에서 예
천으로 옮겨 왔다. 작년 초부터 마당과 텃밭이 있는 외딴집에
서 산다. 풀이 너무 빨리 자라 서리가 내리기 전까지는 풀들
과의 전쟁이다. 좋은 분들이 와서 닭장을 만들어준 덕분에 열
댓마리 닭들이 쑥쑥 자라고 알도 잘 낳는다. 연못의 잉어 두
마리가 사랑에 빠졌다. 수백마리 새끼를 쳐서 나는 수백마리
잉어 새끼의 보호자가 되었다. 연못에 먹이를 던질 때마다 그
들의 주둥이가 뽁뽁 소리를 낸다. 틈이 나면 차를 끌고 돌을
주우러 다니고, 울타리 가까이 내려오는 고라니의 거동을 엿
보고, 봄에는 꽃밭에 심을 것들을 궁리하고, 가을에는 봉투에
다 꽃씨들을 받고, 헛간 벽에 무시래기를 내걸고, 말수를 줄

이고, 크게 소리 지르지 않고 시간을 보낸다. 내일은 오늘보다 조금 더 좋아질 거라는 희망으로.

코로나19로 세상의 발걸음이 멈추었거나 세상의 관절이 뒤틀려 있다. 이 와중에 간신히 책 한권을 낸다. 거친 글을 곱게 다듬어준 창비의 박지영 씨에게 감사를 드린다.

2021년 12월 예천에서

안도현

차례

1부   좋은 사람들

2부　몸속 잎사귀를 꺼내 흔드는 날

3부   그래도 살아갑니다

1부

좋은 사람들

큰절을 올리고 싶은
통영의 어른 제옥례 선생

사람 나이 아흔아홉살을 '백수白壽'라고 부른다. 일백을 뜻하는 '백百'이 아니다. 여기에서 '一' 한 획을 빼면 아흔아홉이 되는데, 그게 '白' 자라는 데서 비롯한 단어다. 2014년 봄, 백수의 노인을 뵈러 가는 길은 사뭇 떨렸다. 그동안 벼려오던 『백석 평전』다산책방 2014을 마무리할 무렵이었는데, 백석이 연모했던 아가씨 박경련과 인연 있는 분이 통영에 산다는 말을 듣고 찾아 나선 길이었다. 그분이 바로 제옥례 선생이다.

주소를 들고 찾아간 봉평동의 한 아파트 문은 어서 들어오라는 듯이 빼꼼 열려 있었다. 열두세평쯤 될까. 주방은 말끔했고 벽에는 책들이 쌓여 있었다. 선생은 성모상을 모신 안방에 요를 펴고 누워 있다가 하얗게 센 머리를 가다듬으며 일어나셨다.

통영의 한산신문은 일찍부터 제옥례의 삶에 관심을 기울이고 지켜보면서 소상하게 선생을 소개해왔다. '통영 문화예술계의 살아 있는 전설'이라는 수사를 얹어준 것도 이 신문이다. 제옥례 선생은 1915년생이다. 통영보통학교, 진주일신여고_{현 진주여고}, 경성사범학교_{현 서울대 사범대학} 여자연습과를 졸업했다. 그의 꿈은 교사가 되어 식민지의 아이들에게 우리의 언어와 문학을 가르치는 것이었다. 그는 제주도로 교사 지원서를 냈다. 일본 북해도 농대를 다니던 연인이 졸업하고 돌아오면 제주에서 젊은 날을 함께 보내기로 약속했던 것이다. 그러나 애타게 기다리던 발령은 나지 않았고, 남자한테서 그 이후로 소식이 끊겼다.

20대의 신여성 제옥례는 절망했다. 그는 수녀가 되기로 결심하고 천주교에 자신을 맡겼다. 황해도의 천주교에서 운영하는 보통학교 교사가 되어 근무하다가 건강이 악화되어 5년 만에 통영으로 돌아왔다. 스물여덟살 때였다. 고향으로 돌아온 그는 뜻밖에 또 한번 생의 전환점을 맞이한다. 통영의 한 부잣집에서 중매가 들어온 것이다. '하동집'으로 부르던 박씨 집안의 부인은 슬하에 8남매를 두었는데 죽음을 목전에 두고 새어머니를 물색하고 있었다. 다행히 제옥례가 수녀 아닌 어

14

머니로 살아가는 것을 천주교 쪽에서도 쾌히 동의해주었다. 그리하여 나이 서른에 하동집의 안주인이 되었고, 그후로 두 자녀를 더 낳아 10남매를 잘 키웠다.

통영 명정동의 하동집은 박경리의 장편소설 『김약국의 딸들』1962의 배경이 되는 곳으로 알려져 있다. 제옥례 선생은 원주에 살던 박경리 선생을 찾아가 만난 적도 있었다. 그때 열한살 아래 박경리 선생은 "언니, 언니"라고 부르며 따뜻하게 대접을 했다고 한다. 한옥기와집 네채가 ㅁ자로 짜인 하동집은 광복 직후 건국준비위원회 회의장으로 이용되었는가 하면 작곡가 윤이상, 화가 전혁림, 시인 유치환 김춘수와 같은 당대 문화예술인들이 수시로 이 집 사랑채로 모여들었다. 김춘수의 동생은 나중에 하동집의 딸 하나와 혼인을 맺기도 했다.

지금 통영에 가면 통영 출신 문화예술인들 이외에 백석의 시가 담벼락에 적혀 있는 게 눈에 띈다. 충렬사 앞에는 백석의 시 「통영」을 시비에 새겨 세워두었다. 평안북도 정주 출신 시인의 이름이 남쪽 바닷가 도시에서 자주 거론되는 것은 왜일까? 이루지 못한 연애이야기 때문이다.

백석은 그가 근무하던 조선일보 1936년 2월 21일자 「편지」라는 수필을 통해 "남쪽 바닷가 어떤 낡은 항구의 처녀 하나를 나는 좋아하였습니다. 머리가 까맣고 눈이 크고 코가 높고

목이 패고 키가 호리낭창하였습니다"라며 '통영 처녀' 박경련에 대한 사랑을 고백한다. 실제로 백석은 통영을 세차례나 방문하지만 구혼에 실패하고 만다. 게다가 절친한 직장동료였던 신현중은 백석이 짝사랑하던 박경련과 1937년 4월 전격적으로 결혼식을 올리게 된다. 그때 백석은 함흥의 영생고보에서 영어교사로 일하고 있다가 충격에 빠져 이런 시를 쓰기도 했다.

> 나는 하이얀 자리 위에서 마른 팔뚝의
> 새파란 핏대를 바라보며 나는 가난한 아버지를
> 가진 것과 내가 오래 그려오든 처녀가 시집을 간 것과
> 그렇게도 살틀하든 동무가 나를 버린 일을 생각한다
> ──「내가 생각하는 것은」 부분

　제옥례 선생은 낡은 사진첩에서 1930년대에 촬영한 사진 한장을 꺼내 보여주었다. 박경련이 이화여고보를 다닐 때 통영에 내려와 하동집 딸들과 찍은 사진이었다. 폐결핵을 앓고 있던 박경련은 꽤 멋진 코트를 입고 있었지만 얼굴에는 병색이 완연했다. 박경련의 사촌오빠가 제옥례 선생의 남편인 박희영이었다.

"남편은 신현중을 그리 신뢰하지 않았어요. 그 집에서 집을 지을 때 빌려준 건축자재가 있었는데 신현중이 끝내 갚지 않았지요. 친구가 좋아하던 여자를 중간에 가로챈 비겁한 사람이라고도 했어요."

귀가 많이 어두운 제옥례 선생은 귓등에 손바닥을 갖다 대고 내 말을 들었다. 큰 소리로 꼬치꼬치 묻는 내가 오히려 더 송구스러웠는데, 때로는 필담으로 이야기를 이어나갔다. 백석과 박경련이 결혼을 했더라면 제옥례 선생은 백석을 시매부媤妹夫로 불렀을지도 모르겠다는 부질없는 생각이 머리를 스쳐갔다.

"신현중과 박경련은 금실이 좋았어요. 그런데 둘 사이에 자식이 없었어요."

의외의 소득이었다. 백석은 1940년 초에 만주국의 수도가 있던 신징지금의 창춘으로 떠난다. 시시각각 죄여 오는 징용의 공포를 피하기 위해서, 또 친일 부역 문인들의 행태를 더이상 지켜보는 게 힘들어 선택한 일이었다. 만주에 머무는 동안에도 백석은 국내 문예지에 가끔 시를 발표했다.

1941년 4월 『문장』 폐간호에 실린 절창 「흰 바람벽이 있어」는 국외자로 떠도는 한 영혼이 황폐한 현실을 어떻게 견디는지를 아름답게 보여주는 시다. 머나먼 만주 땅에서도 백석은 박경련을 완전하게 잊지 못했다.

> 내 사랑하는 어여쁜 사람이
>
> 어느 먼 앞대 조용한 개포가의 나지막한 집에서
>
> 그의 지아비와 마주 앉아 대구국을 끓여놓고 저녁을 먹는다
>
> 벌써 어린것도 생겨서 옆에 끼고 저녁을 먹는다
>
> ──「흰 바람벽이 있어」 부분

결혼한 두 사람 사이에 '어린것'이 생기지 않았다는 것을 만주의 백석은 까맣게 모르고 있었다.

1972년 남편이 일찍 세상을 뜬 이후 제옥례 선생에게 또 시련이 닥쳐왔다. 가난해서 작은 식당을 열어 생계를 이어가기도 했고, 대건성당에 살다시피 하면서 각종 봉사활동에도 힘을 쏟았다. 기도하는 마음으로 수필을 쓰기 시작해 여러권의 수필집도 출간했다. 통영에 수백년 전부터 전통적으로 내려오고 있는 통제사 음식을 복원하고 재현한 일에 앞장선 것도 선생이다.

통영 문화의 거점이었던 하동집 사랑채는 올해 '잊음'이라는 근사한 숙박공간으로 재탄생했다고 한다. 100세를 넘긴 제옥례 선생을 옛집 툇마루로 모시고 가서 큰절을 올리고 따

뜻한 찻잔이라도 쥐여드리고 싶다.

(2015)

* 제옥례 여사는 2015년 12월 10일 새벽 향년 101세로 별세하셨다.

걷고 또 걷는 맑은 선비
김기현 선생

파트리크 쥐스킨트의 소설 『좀머 씨 이야기』열린책들 1992에는 비가 오나 눈이 오나 걷는 일에 열중하는 주인공 좀머 씨가 등장한다. 그처럼 하루도 거르지 않고 매일 걸어다니는 분이 있다. 전북대 윤리교육과 김기현 교수다. 학교로 출퇴근하는 시간을 포함해서 하루에 두어시간은 족히 걷는다. 전주천변이나 건지산 기슭을 깡마른 노신사가 뒤도 돌아보지 않고 빠르게 걷는다면 틀림없이 선생이다.

김기현 선생도 "그러니 나를 좀 제발 그냥 놔두시오"라고 좀머 씨처럼 말하고 싶은지 모르겠다. 운전면허증도 없고 휴대전화도 없다. 귀찮아서다. 겨울이면 검은색 두루마기를 펄럭이며 걷는다. 몸에 군살은 없고, 바람을 가르는 이마 아래 눈빛은 맑다.

전주에서 때로 소주잔을 기울이며 선생의 말씀을 엿들을 기회가 있다. 동아시아의 고전이나 한시를 인용하면서 세상 돌아가는 꼴과 사람살이의 이치를 알기 쉽게 설명하시는 것이다. 그럴 때면 귀가 쫑긋해진다. 좀처럼 앞길이 잘 보이지 않을 때, 무엇인가 분명히 판단을 내려야 할 때, 선생은 고전의 문장에서 길을 꺼내 보여주신다. 나는 속으로 무릎을 치는데, 그런 날은 쉽게 취하지도 않는다.

대학에서 배운 제자들이 아닌데도 선생을 '사부님'으로 극진히 모시는 이들이 있다. '여택회' 멤버들이다. 이 이름은 『주역』에서 빌려 왔다. 벗들끼리 서로 강학하면서 정신의 세계를 공감하는 자리라는 뜻이다. 매주 월요일 저녁에 모여 사서삼경을 비롯한 고전을 읽는다. 1988년부터 시작했으니 어느새 27년이 넘었다. 문인, 교수, 교사, 한의사, 주부, 공무원, 자영업자, 기자 등 수강생들의 직업도 다양하다. 그동안 전북 지역에서 내로라하는 인사들이 이 모임의 구성원이 되기를 주저하지 않았다. 소설가 서정인 선생, 시인 박남준도 한때 열성 수강생이었다. 나도 한차례 겁 없이 고개를 내밀어본 적이 있다. 마침 『주역』을 공부하고 있을 때였다. 그런데 첫날 두 손 두 발을 다 들어버렸다. 생각 좀 해보라. 『주역』 강의는 장장 7년 6개월 동안 210여차례 진행되고 마무리되었다. 천성이 게으른 내가 범접할 수 있는 영역이 아니었다. 그걸 아셨는지 선생은 어느 날 내게 '와운臥雲'이라는 호를 하나 만들어주셨다. 내게는 과분하고 호사스러운 이름이어서 감히 꺼내 쓸 수가 없었다. 도대체 구름 위에 누워 있을 팔자가 아닌 듯해서다.

전북대 영문과 이종민 교수는 '여택회'의 모범생이다. 그는 매주 월요일 저녁은 아예 다른 약속을 잡지 않는다. 어려운 한문책을 잡고 있지만 선생의 강의를 듣고 있노라면 왠지 모르게 기도하는 기분이 든다고 한다. 마음이 정화된다는 것이다. 이 신통한 일이 어떻게 가능할까? 고전을 읽는 일이 마음을 닦는 수행의 하나가 될 수 있을까?

"저는 제가 무엇을 가르치는 '선생'이라는 생각을 해본 적이 추호도 없습니다."

김기현 선생은 늘 이렇게 말한다. 가르치지 않았는데 느낀다면 이보다 더한 효과는 없다. 고전 강의가 끝나면 막걸릿집에서 '2부' 수업이 진행된다. 이 자리에서는 교육자와 피교육자 사이의 거리가 사라진다. 이러니 고상한 정신적 교유가 이루어질 수밖에 없다.

여기서도 선생은 자신을 낮추는 대신 절대로 흐트러진 모습을 보이지 않는다. 게다가 술이 거나해질 때까지 기다리는 법도 없다. 일찍이 자리를 피해버리는 것이다. 그러니 제자들 사이에서는 "사서삼경 강의하는 선비는 노래방 같은 곳 가면 안 되나?" 하는 볼멘소리가 나오기 일쑤다.

게다가 선생은 강의료를 한푼도 받지 않는다. 선생의 제안 으로 수강생들은 회비를 걷어 한 학기에 두명의 후학들에게 장학금을 내놓는다. 선생은 마치 '배워서 남 주자'는 말을 몸 으로 실행하는 분 같다. 미국 플로리다 주립대학의 방문교수 로 가 있던 1년 동안에도 매주 유학생들을 따로 모아 『논어』 강의를 했을 정도다.

김기현 선생은 1950년 전북 익산시 용동면에서 출생했다. 초등학교에 들어가 빵점을 맞은 답안지를 받고는 어른들에 게 자랑스레 보여주던 철부지 소년이었다. 중학교 때까지는 공부에 열성을 보이지 않았고 성적도 시원찮았다. 서울대 재 학 중 고시를 준비하다가 그만두었을 때가 유신독재 시절이 었다. 방황을 거듭하다가 우연히 부여에 있는 곡부서당을 알 게 되었고, 서암 김희진 선생에게 『소학』부터 배우는 서당 공 부를 시작했다. 이를 계기로 우리의 고전을 통해 참다운 정 신이 무엇인지를 찾아 나서게 되었다. 한문이라는 문자가 소 통의 도구를 넘어 삶의 목표를 일깨워준 하나의 지침이 된 것이다.

선생은 우리 시대에 사라진 선비 정신을 재생하는 일을 필생의 업으로 여기는 분이다. 선생에게 선비란 책이나 읽으며 갓끈 떨어진 무능한 옛 지식인이 아니다. 삶의 참다운 길을 탐구하고 제시하는 실천적인 지식인으로서의 선비다. 요즘 표현으로는 인문정신이 살아 있는 참인간이 선비라는 것이다. 『선비』민음사 2009라는 두꺼운 저서와 『천작』서해문집 2012이라는 철학적 에세이가 이를 뒷받침한다.

이와 함께 선생은 선비가 빠뜨리지 않아야 할 덕목으로 생활의 낭만성을 든다. 다산 정약용이 지인들과 '시사詩社'를 결성하고 사철 꽃이 필 때마다 한번씩 모여 시를 이야기하던 분위기와 자세를 그리워한다. 그리고 매화를 '형'이라고 부르며 좋아했던 퇴계 이황을 동경해서 퇴계의 '매화시'를 번역한 시집 『열흘 가는 꽃 없다고 말하지 말라』휴먼앤북스 2012를 내기도 했다.

김기현 선생이 따르고자 하는 정신의 맨 위쪽에 모신 분이 바로 퇴계다. '퇴계학'이라는 학문적 관심 이전에 그 정신과 인격의 향기에 끌렸다고 고백한다. 선생은 가장 고루하고 케케묵은 것 속에 가장 새롭고 맑은 것이 깃든다고 믿는다. 퇴계에 미친 분이라고 말하면 어떤 표정을 지으실까?

경북 안동에는 퇴계 종택이 있다. 올해 초 김기현 선생은 특강을 하러 간 길에 도산서원과 종택에 들렀는데 마침 퇴계의 제삿날이었다. 제사에 참관이라도 할 생각이었다. 그때 퇴계학의 권위자를 알아본 종손이 갑자기 도포를 내주면서 종헌을 부탁했다. 좀체 없던 일이었다. 그래서 제사상에 세번째 잔을 엉겁결에 올리게 된 일도 있었다.

2년 후엔 선생도 평생 몸담았던 대학에서 정년퇴직한다. 우리 시대에 보기 드문 선비 한 사람이 학교 밖에서는 어떤 일을 하며 보낼지 궁금해진다. 전주 한옥마을에 서당을 짓고 거기서 낭랑하게 글 읽는 소리가 들리면 좋겠다고 했는데 그런 곳에서 훈장 노릇을 하실까? 아니면 시골에서 밭을 일구는 청빈한 일상을 계획하고 계실까? 어디 계시든 길을 걷는 일은 멈추지 않으실 것 같다.

(2015)

'문학동네' 손 떼고 떠나는
강태형 대표

    신춘문예라는 제도는 문학청년들에게 꿈의 과녁이다. 해마다 11월이면 펜 하나 달랑 들고 세계를 접수하는 꿈에 부풀어 오르는 것이다. 나도 그랬다. 1981년 12월, 크리스마스를 며칠 앞둔 어느 날이었을 것이다. 신문사에서 당선 통보가 오기를 손꼽아 기다리던 나는 길에서 같은 대학 문학서클 선배를 만났다.

    "형, 아직 연락 받았다는 사람 없어요?"

    선배가 무덤덤하게 웃으며 고개를 끄덕였다. 나는 이미 당선소감까지 써서 벽에 턱 붙여놓은 터였다. 그 선배와 내가 주축이 되어 만든 서클에서 나는 자타가 공인하는 '에이스'였다. 나는 스무살이었지만 한 해 전에 지방신문 신춘문예에 당선한 이력이 있는 터라 의기양양해 있었다. 그날도 우리는 습관처럼 술을 마셨다.

"상금 받아서 외상 술값을 갚아야 하는데……"

그 선배는 내 어깨를 두드리며 말했다.

"며칠만 더 기다려보자."

나중에 안 일이었지만 그는 벌써 당선되었다는 전보를 받아놓고 시치미를 떼고 있었던 것이다. 그 선배가 1982년 서울신문 신춘문예로 등단하게 되는 강태형이었다. 선배는 복학생이었지만 '에이스'에 대한 예의로 끝내 입을 다물었고, 그날 술값을 냈을 것이다.

강태형은 대학을 졸업하고 전북 김제에서 한우 40여 마리를 기르다가 무작정 상경했다. 1985년 봄부터 한국작가회의의 모태가 된 자유실천문인협의회의 편집간사를 맡았다. 그 무렵 시인 채광석 김정환 같은 선배들의 말에 자주 귀를 기울였는데, 돈벌이하고는 거리가 먼 일이었다. 나는 김제의 이름난 음식점집 아들 강태형이 마포의 허름한 식당에서 부대찌개를 맛있다면서 퍼먹던 모습을 몇번 짠한 마음으로 바라본 적이 있다.

그러다가 강태형은 1987년부터 금성출판사 한국문학부에서 잠깐 일했고, 실천문학사 편집부장을 맡아 본격적인 출판편집자의 길로 들어섰다. 소설가 이문구 선생과 송기원이 편집자로서 눈을 뜨게 해주었다.

"책을 깊게 읽고, 작가들을 만나 책에 대해 대화하고, 책을 생각하는 시간으로 채워진 삶이란 얼마나 멋진 일인지 그때 깨달았던 거지."

내친김에 사직공원 건너편에 조그마한 출판사 사무실을 내고 '푸른숲'이라는 간판을 달았다. 나도 주머니를 털어 설립 자금을 마련하는 데 보탰고, 몇권의 책을 같이 기획해서 만들기도 했다.

책을 만드는 편집자라고 해서 강태형의 체형이 약골이라고 생각하면 큰 오해다. 그의 외모는 기골이 장대한 무사에 가깝다. 어깨는 넓고 주먹도 세다.

"중학교 2학년 때부터 하월곡동 산동네에서 살았는데, 그때 동네 형이 복서였어. 그분이 동네 아이들을 불러다가 글러브를 끼고 싸우게 했는데, 내가 소질이 있다면서 자기가 다니는 동대문 중산체육관에 데려갔지."

그때부터 고등학교 3학년 초까지 복서의 꿈을 키웠다. 홍수환이 남아프리카공화국까지 날아가서 챔피언을 하던 시절이었다. 하지만 그의 몸에 찾아든 폐결핵이 글러브를 벗게 만들었다. 젊은 시절 술자리 끝에 분을 참지 못하고 때때로 '정의의 주먹'을 날리는 것을 본 적도 있다. 상대방은 강태형 앞에서 괜히 깝죽대다가 낭패를 당했다.

강태형은 1993년 12월 서울 명륜동의 작은 건물에서 출판사 '문학동네'를 시작했다. 한국문학을 제대로 응원하고 싶었다. 그때까지만 해도 출판사와 작가가 알음알음으로 책을 출간하던 풍토가 지배적이었다. 문학동네는 달랐다. 작가와 정식으로 계약서를 작성하고 선인세를 지급하는 제도를 최초로 도입했다. 신간을 소개하기 위해 공격적인 신문광고도 마다하지 않았다. 매출의 15퍼센트를 광고료로 사용했다. 곧이어 계간지 『문학동네』를 창간했고, 이를 통해 새로운 작가를 발굴해 세상에 알렸다.

문학동네가 한국문학에 과감하게 투자할 수 있었던 것은 외국도서 번역본들의 상업적인 성공이 뒷받침되었기 때문이다. 크리스티앙 자크의 『람세스』와 파울로 코엘료의 『연금술사』가 대표적이다. 『람세스』가 한창 주가를 올리던 무렵 강태형은 퇴근 후에도 집에 들어가지 않았다. 출판사 근처에 방을 얻어 1차 번역원고를 교열하느라 밤을 새우는 일이 잦았다. 이렇게 해서 출판편집자로서의 감각이 쌓여갔다. 최근 몇년 노벨문학상 수상작 거의가 문학동네에서 출간한 작품이었다는 것은 결코 우연이 아니다.

1996년에 나는 어른을 위한 동화 『연어』 문학동네를 출간했다. 초판 3천부가 일주일 만에 팔리는 기이한 일이 벌어졌다. 그러다가 한달에 1만부씩 찍는 베스트셀러가 되었다. 이 책은 머지않아 100만부 판매를 목전에 두고 있다고 한다. 특별한 광고도 하지 않았는데 이런 성공의 이면에는 강태형의 '사주'가 있었기 때문이다. 어른을 위한 동화를 써보라고 옆구리를 찌른 것도, 원고를 몇차례 같이 읽으며 조언을 해준 것도 그였다.

강태형은 출판편집자로서 치밀하지만, 자상하지 않다. 나는 그가 직원들을 앞에 놓고 면박을 주는 일을 여러차례 지켜보았다. 출간된 책에서 오자가 발견될 때는 말할 것도 없고, 디자이너가 가지고 온 표지 시안이 마음에 차지 않을 때도 불호령이 떨어졌다. 내가 민망할 지경이었다.

"책 만드는 일은 어떤 일보다도 성실해야 해. 한권의 책을 만드는 일은 20만자 이상의 숲을 통과하는 일이야. 집중하지 않으면 문제가 발생하지. '적당히'라는 건 있을 수 없다고 생각해. 그런 내 기질이 함께 일하는 사람들을 힘들게 한 측면이 있다는 건 알아."

그럼에도 문학동네는 출판계에서는 이직율이 매우 낮은 편이고, 퇴사했다가 다시 돌아온 직원도 많다. 그사이에 문학동네는 '창비' '문지'와 함께 한국문학 출판계의 '빅3'로 성장했다. 그러다보니 문학권력이라는 비판도 얹혀졌다.

22년 동안 문학동네의 성장을 이끌었던, 카리스마 넘치는 출판사 대표 강태형은 최근 대표이사 자리를 내려놓았다. 한 발 물러나면서 '선임편집자'라는 직함을 달았지만, 이국땅에서 쓸쓸히 고독과 맞서보겠다고 한다. 며칠 후에 그는 스페인으로 가는 비행기에 오른다.

"하얗게 센 머리칼을 쓸어올리며 돋보기 너머 교정지를 응시하는 늙은 편집자의 꿈은 내려놓지 못했습니다. 그 꿈 하나만 들고 조용히 늙어갈 것입니다."

문학동네 온라인 커뮤니티에 그가 독자들에게 쓴 이임 인사의 한 대목이다. 전화를 걸어 소회를 물었다.

"어딘가에서 굉장한 일이 나를 기다리고 있을 것 같은 설렘이 어느 순간부터 내 가슴에서 사라졌는데, 요즘 그게 다시 살아나는 느낌이야. 지금 혼자 떠나지만, 내일이 빤하지 않은 생의 시간 속으로 들어가는 일은 축복이야. 설레는 일이지."

(2015)

부안시장에서
물메기탕 잘 끓이는
장순철 여사

물메기탕, 하면 떠오르는 식당이 있다. 전북 부안 상설시장 안에 있는 변산횟집이다. 간판은 횟집인데 활어가 헤엄치는 수족관 같은 건 없다. 생선회를 찾는 손님에게는 가까운 생선 가게에서 회를 떠다 준다. 시장 안에 있는 생선은 뭐든지 손님이 찾는 대로 요리해주는 이 집은 어물전 한쪽에 숨어 있는 허름한 식당이다.

벽에 붙은 메뉴판에는 물메기탕, 갈치탕, 생태탕, 우럭탕, 서대탕이라는 글자만 보인다. 그때그때 가격이 다르다는 것이고, 아는 사람만 오는 집이라는 뜻이다. 주인아주머니는 말이 별로 없는 분이다. 손님이 문을 열고 들어가면 가벼운 묵례로 맞이하는 게 인사의 전부다. 살가운 미소 따위를 기대해서는 안 된다. 끼니때에는 워낙 바빠서 말 한마디 걸어볼 엄두도 나지 않는다.

변산횟집은 특이하게도 장성한 아들 둘이 오래전부터 어머니 옆에서 같이 장사를 하고 있다. 첫째아들 윤광윤(43) 씨와 셋째 광희(38) 씨가 그들이다. 셋째아들을 통해 집안 뒷조사 좀 했다. 둘째 광준(40) 씨는 서울에서 학원을 운영하고 있고, 막내아들 광진(36) 씨는 군청 공무원이다.

주인아주머니의 이름은 장순철. 1950년생이니 올해 65세다. 전쟁의 와중에 태어나 대여섯살 무렵 부안의 안동 장씨 집성촌으로 입양되었다. 성도 이름도 거기서 얻었다. 말이 입양이지 식모살이나 다름없었다.

결혼을 하고 나서 아들 넷을 낳았지만 가난은 쉽게 물리칠 수 없었다. 남편마저 술로 병을 얻어 일찍 세상을 떴다. "가난이 원수로다. 형편이 된다면 남들처럼 더 공부를 할 수 있을 텐데." 남편이 읽던 책의 뒤표지에는 삶을 한탄하는 이런 메모도 적혀 있다. 그걸 바라볼 때마다 가슴이 미어진다.

장순철 여사는 안 해본 일이 없다. 벽돌공장과 두부공장에서 고된 일을 하며 혼자 어린 자식들을 키웠다. 다방이 성시를 이룰 때는 주방에서 오래 일을 했다. 여자로서는 무뚝뚝한 편이었지만 손님들에게는 꽤 인기도 있었다. 약삭빠르게 사람을 대하지 않은 탓이다. 거기서 돈을 모아 '소라찻집'이라는 간판을 달고 찻집을 개업했다. 인삼을 사러 진안이나 금산을 오가기도 했고, 직접 배달도 마다하지 않았다.

전통찻집이 호황을 누리던 때가 지나자 수입이 시원찮아졌다. 누군가 시장에서 장사를 해보는 게 어떠냐고 해서 부안시장 모퉁이에 의자 몇개 놓고 자그마한 식당을 열었다. 30년 전이었다. 나는 1980년대 후반 무렵부터 이 식당을 가끔 기웃거렸다. 아이스박스에 금방 죽은 생선이 가득했고, 그걸 회나 탕으로 만든다고 했다.

처음 간 것은 주꾸미가 한창일 때였다. 2월 중순부터 3월 말까지는 알이 꽉 찬 주꾸미가 제철이다. 냉이를 넣은 육수에 데쳐 먹거나 고추장 양념으로 볶아 먹는다. 살아 있는 주꾸미 다리가 입천장에 쩍쩍 달라붙는 맛을 즐기는 사람들도 있다.

12월부터 2월 중순까지는 물메기탕에 홀려 변산횟집을 찾는다. 내가 아는 한 우리나라에서 물메기탕을 가장 잘 끓이는 집이다. 냄비가 아니라 뚜껑 없는 대야만 한 양푼에다 끓여낸다. 여기에다 참기름 몇방울을 넣으면 더욱 감칠맛이 난다. 겨울에만 먹는 이 음식에 매혹되어 '물메기탕'이라는 제목의 시 한편도 얻었다.

변산 모항 쪽에 눈 오신다 기별 오면 나 휘청휘청 갈까 하네

귓등에 눈이나 받으며 물메기탕 끓이는 집 찾아갈까 하네

무처럼 희고 둥근 바다로 난 길 몇칼 냄비에다 썰어 넣고

주인이 대파 다듬는 동안 물메기탕 설설 끓어 나는 괜히 서
럽겠네

눈 오신다 하기만 하면 근해(近海)의 어두운 속살 같은 국그
릇에 코를 박고

한쪽 어깨를 내리고 한 숟가락 후루룩 떠먹고

떠돌던 눈송이 툇마루 끝에 내려앉는 것 한번 보고

여자가 옆에 있어도 좋고 없어도 좋다는 생각을 하겠네

변산 모항 쪽에 눈 오신다 하기만 하면
　　　　　　—「물메기탕」 전문(『간절하게 참 철없이』, 창비 2008)

물메기탕 옆에 숭어회가 빠질 수 없다. 겨울에는 살이 볼그레한 숭어회를 한 접시 같이 주문해야 제격이다. 소주도 물론 빼놓으면 안 되겠지. 햇살이 따뜻해지고 냉이꽃이 피기 시작하는 봄에는 주꾸미와 도다리탕이 좋고, 여름철엔 갑오징어회, 가을에는 전어회와 꽃게무침이 그만이다.

장순철 여사의 식당이 문을 닫는 일는 거의 없다. 장 여사는 매일 아침 5시에 일어나 수영장으로 향한다. 운동을 마치면 7시에 아침밥을 먹고 한시간쯤 숙면에 든다. 큰 병치레 한번 없이 가게를 운영하는 것은 규칙적인 운동과 철저한 시간 관리 때문인 것 같다고 아들들이 귀띔한다.

9시에 가게에 정시 출근해서는 그날 손님들에게 내놓을 밑반찬을 준비한다. 변산횟집의 밑반찬은 그때그때 다른데, 잘 익은 배추김치, 갓김치, 갈치속젓, 나물무침 두어가지, 꽃게무침 등이 다 푸짐하고 맛깔스럽다.

장 여사는 11시까지 시장을 돌아다니면서 그날 나온 생선이 뭐가 있나 둘러본다. 시장 상인들은 장 여사를 '순철이' '철이' '변산 언니'라고 부른다. 변산횟집의 영업 비결 중 하나는 값싸고 물 좋은 생선을 잘 골라 손님들에게 권한다는 것이다. 그래서 한번 오는 손님은 반드시 두번, 세번 발걸음을 들여놓게 된다. 혹시라도 이 집에 처음 들르게 되거든 그날은 뭐가 좋은지 물어봐야 한다.

아들들의 말에 의하면 점심때는 그야말로 매일 전쟁을 치르는 기분이라 한다. 1층과 2층에 손님들이 꽉 들어찬다.

"한바탕 장사를 하죠. 저녁 장사까지 마치면 밤 10시쯤 돼요."

장순철 여사는 아들 둘에게 꼬박꼬박 월급을 준다. 형과 동생이 받는 월급에 약간의 차이는 있지만 연봉으로 따지면 각각 3천만원을 웃돈다. 한달에 쉬는 날은 단 하루다. 그렇다고 어머니와 아들 사이에 불편한 노사관계는 없다.

마흔살 전후의 아들 둘이 어머니 옆에서 일을 거들면서 오손도손 이야기를 나누는 모습은 흔치 않은 진풍경 중 하나다. 마늘도 같이 까고 파도 같이 다듬는다. 시장에서 들려오는 소문이나 미담도 똑같이 공유한다. 그러다보니 개인적인 비밀을 만들 시간도 없다. 마치 오랜 친구 사이 같고 때로는 아들들이 딸처럼 보이기도 한다.

"항상 든든하고 고맙지만 아직은 젊은 아들들을 가게에 묶어두는 것 같아 안쓰러울 때가 많지요."

장 여사에게는 금쪽같은 손주가 넷이 있다. 셋째와 넷째도 어서 결혼을 해서 살림을 꾸리는 게 제일 큰 소망 중의 하나다. 다행히 아직은 건강해서 손에 물을 더 묻혀도 문제가 없다. 올겨울에도 변산횟집 물메기탕을 두어번은 더 먹어야 겨울이 물러갈 것 같다.

(2016)

애써 심심하게 살고 싶은
박성우 시인

배가 고파서 미숫가루라도 실컷 먹고 싶은 소년이 있었다. 소년은 부엌 찬장에서 미숫가루통을 들고 나가 동네 우물에 부었다. 사카린과 슈거 같은 인공감미료도 몽땅 털어넣었다. 그러고는 두레박을 들었다 놓았다 하며 우물 속의 미숫가루를 저어 마셨다. 그러나 소년은 어른들에게 들켜 생전 처음 뺨이 빨갛게 달아오르도록 맞아야 했다.

이 미숫가루 소년은 궁금한 것을 참지 못했다. 새는 왜 공중을 날아가면서 똥을 싸는 것일까? 그때 기분은 도대체 어떤 것일까? 소년은 똥이 마려워지기를 기다리다가 감나무를 타고 올라가 엉덩이를 깠다. 그러고는 새처럼 나뭇가지 위에서 똥을 내갈겼다. 이어 소년은 겨드랑이에 날개를 달고 날아올랐다. 인류 최초로 공중에서 똥을 싼 기록을 남기고 소년은 옥수수밭으로 곧바로 추락했다.

1971년생, 이 소년은 자라서 시인이 되었다. 2000년 중앙 일보 신춘문예에 시가 당선되면서부터였다. 다들 한물갔다고 여기는 농경문화적인 상상력을 여전히 자신의 문학적 자산으로 끌어안고 있는 사람이 박성우다. 그는 기억을 과거의 검은 재가 아니라 현재와 미래의 불쏘시개 같은 것으로 간주한다.

그의 시에 자폐성 자아 따위는 없다. 말을 빙빙 돌리지도 않는다. 그 무엇이든 박성우의 경험 속에 들어가면 모두 시가 된다. 아버지의 거친 두 손을 두꺼비로 비유한 그의 시 「두꺼비」 『거미』, 창비 2002는 고등학교 국어시험에 종종 지문으로 등장한다. 언젠가 시험을 보다가 시를 읽고 엉엉 울었다는 학생을 만난 적도 있다.

박성우 시인은 고등학교 졸업하고 돈이 되는 일이라면 뭐든지 다 해봤다. 제주 바다 광어 양식장에서 사료를 뿌렸고, 오일장을 돌며 두부를 팔았고, 학습지 외판원도 경험했다. 전기공사장, 막노동판을 떠돌았고 군고구마 장수도 마다하지 않았다.

그의 아버지는 아들이 면서기가 되기를 간절히 바랐다. 하지만 산골 소년은 시인으로 살고 싶어 야간대학 문예창작학과에 들어갔다. 낮에는 봉제공장 '시다'로 일했다. 공장노동자로 일하던 20대의 그가 역 광장에서 피켓 들고 시위하는 장면이 신문에 나온 적이 있다. 그가 그 흑백사진을 보여주었을 때 나는 웃을 수도, 울 수도 없었다.

아픈 성장기를 보낸 박성우 시인은 우리 문학에 새로운 장르 하나를 개척했다. 그가 우리나라 최초로 펴낸 청소년 시집 『난 빨강』창비 2016이 그것이다. 이 시집은 청소년들의 열렬한 호응으로 6만부 이상이 팔려나갔으며, 현재 중고등학교 교과서에도 여러편 수록되어 있다.

시인의 어머니는 그가 다니던 대학의 청소부였다. 어머니는 '왕언니'로 통했다. 청소를 제일 오래해서 왕언니였고 나이가 제일 많아 왕언니였다. 시인의 어머니는 호적에 나이가 다섯살이나 적게 올라 일흔한살까지 청소노동자로 일했다. 시인은 가난한 어머니에게서 시를 발견했다.

"가진 것도 없고 내세울 것도 없는 내가 시의 자산으로 삼을 것은 저 어머니밖에 없다는 생각이 들었어요. 아무것도 아닌 나도 세상에 대해 할 말이 좀 있구나 싶었던 거죠."

나는 그가 서른여섯이 될 때까지 연애다운 연애 한번 하는 것 보지 못했다. 안쓰러울 정도였다. 그러던 그가 자신의 시를 눈여겨보던 한 사람과 마침내 눈이 맞았다. 그녀는 당시에 박성우 시의 애독자였지만 그후 세계일보 신춘문예에 당선된 권지현 시인이다. 그녀는 시인을 끌어안아준 손으로 시를 낳는 사람이 되었다.

시인의 어머니와 장모는 이름이 똑같다. 두분 다 '김정자'다. 시인의 어머니는 전북 정읍에서 정읍으로 시집간 김정자이고 시인의 장모는 경북 봉화에서 봉화로 시집간 김정자다. 둘 다 산골짜기에서 나서 산골짜기로 시집간 김정자다. 시인은 해마다 어버이날 전후에 이 두 김정자를 상봉시킨다. 다행히 이 두 김정자는 '근당게요'와 '그러이껴'를 주고받으며 죽이 척척 잘 맞는다.

박성우 시인은 '딸바보'인데, 시인 부부 사이에는 올해 초등학교 3학년이 된 딸 규연이가 있다. 일찌감치 장래희망을 '작가'로 정해놓은 규연이를 나는 '꼬마시인'으로 부른다. 내가 보기에는 틀림없이 엄마 아빠보다 더 뛰어난 글을 쓸 것 같다. 여기 증거가 있다.

나중에 아빠 늙으면

규연이가 아빠 업어 줘야 해?

그래, 알았어.

근데 아빠,

아빠는 할머니 몇 번이나 업어 줬어?

    ——「몇 번이나 업어 줬어?」 전문(『우리 집 한 바퀴』, 창비 2016)

악어야, 미안해.

니 칫솔인 줄 모르고 니 칫솔로 화장실 청소를 했어.

칫솔이 워낙 커서, 변기 솔인 줄 알았거든.

    ——「악어야, 미안해」 전문(『동물 학교 한 바퀴』, 창비 2016)

최근에 박성우 시인이 낸 두권의 동시집 『우리 집 한 바퀴』
와 『동물 학교 한 바퀴』에 각각 실려 있는 시다. 시인은 "애써
심심하게 살고 싶어서, 시를 쓰면서 그냥저냥 늙고 싶어서"
몇년 동안 몸담았던 대학에 사직서를 내고 집에서 아이와 보
내는 시간이 많아졌다. 아이가 하는 말에 귀를 기울였다가 그
것을 가슴에 안았더니 시가 되었다고 한다.

아빠? 응!

엄마들은 왜 아가 재울 때

'코' 잘 자, 해?

눈이 자니까

'눈' 잘 자, 해야지!

코가 진짜 자면 큰일 나잖아, 그치?

아빠, 눈 잘 자.

엄마, 눈 잘 자.

— 「눈 잘 자」 전문(『우리 집 한 바퀴』)

    아이가 한 말을 아빠가 그대로 받아쓴 시다. 이런 경우 책 판매로 얻는 인세는 누가 받아야 할까? 박성우 시인은 당연히 자기가 받아야 한다고 우긴다. 딸애의 말을 공짜로 얻어 쓰는 게 아니라 잠을 설치며 고생고생해서 쓰기 때문이라는 것.

    조심스럽지만 박성우 시인의 외모에 대해 이야기하지 않을 수 없다. 그는 키가 크고 몸이 호리호리하다. 무얼 먹어도 살이 붙지 않는, 허수아비처럼 허술해 보이는 몸이다. 장가를 든 뒤에 처가에서 하도 안쓰럽게 여겨서 혼자 몰래 강아지 사료를 씹어본 적도 있다. 갸름한 얼굴은 까무잡잡한데, 한마디로 측은지심을 유발하기에 딱 맞는 모습이다. 시인들 사이에서는 그가 낸 시집의 첫 장에 나오는 사진을 보고도 시집을 사지 않는다면 사람이 아니라는 농도 있다.

하지만 그는 무아이타이와 킥복싱의 숨은 고수다. 그는 대한킥복싱협회 어떤 지역의 부회장 직함도 가지고 있다. 언젠가 소위 플라잉 니킥이라고 하는 무릎 찍기 기술과 팔꿈치를 L자로 구부려 치는 기술의 파괴력이 상상을 초월한다고 말한 적이 있다. 물론 술자리에서 한 발언이니 신빙성은 보장하지 못한다. 나는 그가 싸웠다는 말은 들어본 적이 없지만 경향 각지의 주먹깨나 쓴다는 이들은 박성우 시인 앞에서 괜히 깐죽거리는 일 없기를 바란다.

(2016)

시의 첫걸음을 가르쳐주신
도광의 선생님

　나는 고등학교 때 문예반에 들어가면서부터 시를 쓰기 시
작했다. 처음부터 시를 능숙하게 잘 쓴 것은 아니었다. 내가
쓴 시와 산문은 번번이 선배들의 펜과 호령에 갈가리 찢겨지
기 일쑤였다. 나는 그때마다 이를 악물었고, 혼자 있는 시간
에는 닥치는 대로 책을 읽었다. 시집이든 소설집이든 무협지
든 가리지 않았다. 언어로 이루어진 모든 문장은 내게 물기
많은 교과서였다. 나는 그 문장들을 빨아먹으며 습작 시절을
보냈다.

　학교에는 '문예실'이라는 팻말이 붙은 문예반 전용공간이
건물 맨 꼭대기 5층에 있었다. 나는 뻔질나게 그곳을 들락거
렸다. 그곳은 우리에게 도서관이었고, 세미나실이었고, 노래

방이었고, 교칙 너머에 존재하는 은밀한 놀이터였다. 우리는 문예반을 지도하는 선생님이 그곳에 오지 않는다는 것을 알고 있었다. 선생님은 우리를 방치함으로써 우리에게 슬쩍 자유를 맛보게 해주었다. 학교 변소에서 담배를 피우다가 발각되어도 "문예반입니다"라는 한마디를 듣고는 눈감아주었다는 선생님.

그 선생님은 내가 처음으로 만난 시인이었다. 1965년 매일신문 신춘문예에 시가 당선되고, 그후 『현대문학』의 추천을 받은 도광의 시인. 바람 부는 날, 그 큰 키로 한쪽 어깨를 비스듬히 기울인 채 흘러내린 머리카락을 슬쩍 넘기는 선생님의 모습은 먼발치에서 바라봐도 황홀했다.

도광의 선생님은 교과 진도와 상관없이 수업을 진행하는 분이었다. 때로는 수업시간 내내 릴케, 보들레르, 엘리엇, 워즈워스, 두보를 비롯한 동서양의 명시들, 그리고 서정주, 박목월, 박용래, 김춘수의 시가 줄줄이 선생님의 입에서 풀려나왔다. 교재는 한 페이지도 넘기지 못하고 말이다. 내가 아는 분 중에서 시를 제일 많이 암송하는 시인이 선생님이다.

나는 선생님의 국어 수업을 직접 받아보지 못했다. 하지만 내 습작노트에는 선생님 시의 흔적이 곳곳에 남아 있다. 선생님 시 「샐비어」의 "더운 이름으로 당신을 불러봅니다"는 내

시 습작시편 속에서 "당신은 더운 음악이어요"가 되었다. 백양나무 뒷면의 하얀 빛깔을 선생님은 "약속을 하얗게 뒤집고"로 썼는데, 나는 「바다」라는 시에서 "약속을 파랗게 뒤집고"로 훔치는 식이었다. 지금 생각하면 낯부끄러운 일이지만 당시에는 그게 선생님을 향한 흠모의 방식이었다.

고등학교 1학년이 끝나갈 무렵이었다. 내가 쓴 시 몇편을 들고 교무실로 선생님을 찾아간 적이 있었다. 선생님은 가늘게 눈을 뜨고 시를 읽으시더니 볼펜으로 내 습작노트에 적힌 시들을 고치기 시작했다. 노트에 밑줄과 가위표와 동그라미들이 어지럽게 엉키는 것이었다. 얼굴은 벌겋게 달아올랐으나 한마디 항의도 하지 못하고 엉거주춤 그대로 서 있었다. 내가 심혈을 기울여 쓴 문장들이 선생님의 펜 끝에서 무력하게 잘려나갔다. 생살을 저미는 것 같았다. 어떤 시 한편은 통째로 가위표를 받기도 했다. 가여운 시가 숨을 놓는 순간이었다.

그날이 없었다면 나는 시인이 되지 못했을 것이다. 선생님은 그날 내게 이른바 '말의 경제'를 가르쳐주신 것이었다. 언어를 함부로 다루지 말라는 것, 언어 앞에서 한없이 겸손해지는 사람이 시인이라는 것을.

1970년대 후반 대구에서 문예반 활동을 하던 고등학생들에게는 시내에 나가 시화전을 여는 일이 중요한 축제의 하나였다. 우리는 밤새 시화전을 안내하는 포스터를 만들었고, 도광의 선생님의 비호 아래 학생주임의 허락을 받아 유유히 교문을 빠져나가곤 했다. 합법적으로 수업을 빼먹고 여학교 교문으로 당당하게 들어서면 여고생들이 창문마다 달라붙어 손을 흔들던 날들이 있었다. 그런 날은 가슴이 한뼘이나 넓어지는 것 같았다.

한번은 포스터를 제작한 뒤에 학생주임께 허락을 받으러 갔다가 친구와 둘이서 교무실 바닥에 한시간 동안 무릎을 꿇고 있어야 했던 적이 있었다. 이를 본 다른 선생님들이 들고 있던 두꺼운 출석부로 우리의 까까머리를 수없이 내리치고 지나갔다. 이유인즉, 도광의 선생님이 사전에 내부 결재서류를 미리 만들어놓지 않은 탓이었다. 뒤통수가 얼얼하도록 맞았지만 우리는 도광의 선생님을 원망하지 않았다. 시인이 뭐 그럴 수도 있는 거지, 하면서.

도광의 선생님, 하면 술 이야기를 빼놓을 수 없다. 대구 대건고를 졸업한 제자들은 수업시간에 큰 주전자 가득 수돗물을 받아 오게 해서 교탁에 올려놓은 채 수업을 하시던 선생님을 기억한다. 밤새 통음을 한 나머지 주전자의 물을 다 비울 때가 되어서야 수업은 끝나는 것이다. 그래서 한때 '금붕어'

라는 별명으로 선생님을 부르던 제자들도 있었다.

1941년생인 선생님을 모시고 가끔 갖게 되는 술자리는 지금도 두렵다. 일흔을 훨씬 넘긴 연세임에도 자정 전에 자리에서 일어나시는 법이 없다. 생양파 안주 하나를 앞에 놓고 좌중을 휘어잡는 시 강의는 새벽까지 이어진다. 여전히 카랑카랑한 목소리, 해맑은 눈빛은 술자리가 끝날 때까지 흔들리는 법이 없다.

무엇이 선생님을 문학청년 같은 열정으로 버티게 하는지 궁금할 때가 많다. 오로지 문학을 향한 문학주의자로서의 도저한 편애, 소위 '중앙문단'을 기웃거리지 않는 '지방시인'으로서 단호한 고집이 남다른 분이 선생님이시다. 그리고 세속적인 것의 반대쪽을 바라보려는 안간힘도 선생님의 생을 지배해왔으리라. 그럼에도 한가지, 선생님이 통속성을 노골적으로 드러낼 때가 있다.

"내 제자들이 낸 책 판매 부수를 다 합치면 1천만부가 훨씬 넘지. 그런 사람 또 있으면 나와보라고 그래!"

술이 거나해지면 가끔 이런 말씀을 하신다고 한다. 선생님한테 배운 제자들 중 문단에 나온 이가 이십여명이나 되고, 이름을 나열하면 알 만한 베스트셀러 작가가 여럿이어서 그걸 늘 뿌듯하게 여기신다는 것이다. 그건 단지 제자들의 책

판매 부수를 말하는 게 아니라는 걸 나는 안다. 내 귀에는 이렇게 들린다.

"너 이놈들 책 좀 많이 팔았다고 자만하지 마라. 문학의 길은 멀고 먼 것이다."

그런데 정작 도광의 선생님은 소문난 과작의 시인이다. 1982년에서야 첫 시집『갑골길』흐름사을 등단 후 18년 만에 냈고, 두번째 시집『그리운 남풍』문학동네은 그로부터 21년 뒤에 냈다. 우리는 2012년 선생님의 세번째 시집『하양의 강물』만인사이 나올 때까지 또 9년을 기다려야 했다. 도광의 선생님의 열성 팬으로 혼자 중얼거려본다. 선생님의 네번째 시집은 언제 세상에 나올까?

(2016)

* 선생님의 네번째 시집은『무학산을 보며』(개미)라는 제목으로 2020년 출간되었다.

5월을 노래하는
가수 김원중

1980년 5월, 김원중은 전남대 농업경제학과 2학년 학생이었다. 계엄령을 철폐하라, 전두환은 물러가라,는 구호와 함께 신군부의 권력장악 음모를 반대하는 집회가 학교 안팎에서 끊이지 않고 있었다. 그도 시위에 꾸준히 참여했다. 한편으로는 두려운 것도 사실이었다. 그는 그저 노래 부르는 걸 좋아하던 섬약한 청년일 뿐이었다.

5월 17일, 정부는 비상계엄을 전국적으로 확대한다고 발표했다. 전국의 모든 대학 캠퍼스는 장갑차를 앞세운 계엄군의 수중에 들어갔다. 전남대 학생들은 학교로 들어가려고 했으나 정문에서 완전무장한 군인들에게 막혔다. M16 소총 끝에는 대검이 번뜩였다. 학생들은 군인들과 맨손으로 투석전을 벌였지만 역부족이었다.

　김원중은 전남도청에서 가까운 친구 집에서 하룻밤을 보내고 다음 날 다시 충장로와 금남로로 나갔다. 군인들은 미식축구 선수처럼 철망이 달린 철모를 쓰고 마구잡이로 곤봉을 휘둘렀다. 시민과 학생들이 여기저기 고꾸라지면서 피를 흘렸다. 짐승을 때려잡는 장면 같았다. 김원중은 몸을 부르르 떨었다. 죽음이 눈앞에 어른거렸다. 그는 집으로 가지 않고 방림동 외가로 향했다. 그쪽으로 몸을 피하는 동안에도 뒤통수를 자꾸 만졌다. 김원중은 외가에서 꼼짝도 하지 않고 광주항쟁이 끝날 때까지 열흘 동안 숨어 지냈다.

　그사이 그의 어머니는 아들을 찾아 금남로로 나갔다가 군인들에게 붙잡혔다. 대학생 아들을 둔 것 같다는 이유로 아스팔트 도로 위에 무릎을 꿇고 갖은 모욕을 당해야 했다. 외사촌 형은 당구장에서 군인들에게 무자비한 폭행을 당해 중상을 입었다. 그가 아는 어떤 가수는 복부에 총알이 스치고 지나가 내장이 쏟아져나왔다. 그걸 제 손으로 집어넣고 기어 나와 겨우 살아남았다고 했다. 수많은 시민들이 다치고 죽었다는 끔찍한 소식을 듣는 일이 그의 일상이 되었다. 혼자만 비겁하게 살아남았다는 자책감이 그를 괴롭혔다. 견딜 수 없었다. 김원중은 입대를 선택했다.

1983년 제대하고 나서는 사직공원 오르막길에 있는 '크라운 광장'이라는 생맥줏집을 자주 드나들었다. 거기서 기타를 치고 노래 부르면서 밤을 새우는 일이 잦아졌다. 그때 운명처럼 만난 사람들이 있었다. 그들은 이미 MBC 대학가요제에서 수상한 이력이 있는 쟁쟁한 젊은 음악인들이었다. 제1회 때 동상을 받은 '소리모아' 멤버 박문옥, 제2회 때 은상을 받은 김정식, 그리고 「영랑과 강진」이라는 곡으로 제3회 때 역시 은상을 받은 김종률도 단골손님이었다. 나중에 「바위섬」을 작곡하게 되는 배창희도 자주 출몰했다. 이들은 광주의 참혹하고 어처구니없는 기억을 노래로 꾹꾹 눌러두고 있었다.

 "이 사람들이 놀라운 이야기를 했어요. 왜 음반을 서울에서만 만드는 거지? 우리도 한번 만들어보자는 거였어요. 그래서 대한민국 가요사 최초로 지역에서 기획·제작된 옴니버스 음반이 1984년에 나오게 되는데 그게 '예향의 젊은 선율'이었어요." 이 음반에 김원중의 히트곡 「바위섬」이 들어가게 된다. 이 노래는 방송을 타고 빠르게 퍼져나가 대중의 마음을 사로잡았다. 김원중이 이렇게 잘나가던 가수에서 멀어지게 된 것은 1985년 첫번째 독집음반에 넣은 「직녀에게」 때문이었다. 문병란 시인의 시에 박문옥이 곡을 붙인 이 노래가 통일의 염원을 담았다는 이유로 KBS에서는 방송 금지 처분을 내렸다. 가수에게는 사형선고나 다름없었다.

김원중은 방송에 연연하지 않았다. 그에게는 아직도 해결하지 못한 '광주'가 있었다. 그는 서울 대신 광주를 택했고, 방송무대 대신 거리로 무대를 옮기기로 작정했다. 1989년, 백골단이라고 부르던 경찰특공대의 기세가 하늘을 찌르던 때였다. 5월이 되자 그는 기타를 들고 거리로 나갔다. 충장로우체국 뒤 골목길, 상추튀김을 파는 포장마차들이 즐비한 곳이었다. 그의 거리공연에 호응하는 시민들이 백골단의 진입을 몸으로 막아줬다. 그렇게 한달간 매일 공연을 했는데, 늘 일이백명이 들어찬 골목은 통행이 마비될 정도였다.

이 공연을 본 가톨릭 광주대교구 신부들이 금남로 가톨릭센터 로비에서 5월 추모공연을 할 수 있도록 주선했다. 1990년 이후 14년간 이 공연이 해마다 이어졌다. 이 공연은 광주의 5월을 전국으로 알리는 데 적지 않은 역할을 했다.

"1997년에 망월동 묘역에서 사십구재의 의미를 담아 49일간 저녁 공연을 한 적이 있어요. 묘역을 향해 혼자 노래를 부르며 영령들을 위로하고자 했지요. 그런데 49일 동안 단 하루도 비가 오지 않는 거예요. 비가 오면 그 핑계로 하루 쉴 수도 있었는데…… 그때 생각했죠. 아, 5월 영령들은 노래 듣는 걸 좋아하시는구나, 하고 말이지요."

지금은 농담을 섞어 이렇게도 말하지만 어느새 김원중의 나이는 50대 후반으로 들어섰다. 그렇다고 세상에서 한 발자국 비켜서 있기는 싫다. 그는 여전히 뜨겁다. 세상의 모순이 드러나는 곳이면 어디든 달려가는 가수다. 그렇다고 '민중가수'라는 카테고리 안에 자신을 가두는 것은 거부한다.

김원중은 2003년부터 굶주리는 북한 어린이들을 위해 빵공장을 지어주자는 운동에 손을 보태고 있다. 처음에는 혼자서 하다가 콘텐츠가 바닥이 나고 피로가 쌓여 중단했다. 그런 그를 다시 무대로 불러 세운 것은 2010년 이명박정부 들어 남북의 대결 구도가 냉전시대로 회귀할 때였다. 이번에는 여러 장르의 예술인들을 초청해 장기전에 대비했다. 여기서 모금한 1억여원을 빵공장 사업에 기부하기도 했다.

내가 알기로 김원중은 인간관계나 금전적인 문제로 사고 친 적이 없는 사람이다. 술도 거의 입에 대지 못한다. 달콤한 연애에 빠졌다는 말도 들어보지 못했다. 그는 아직 미혼이다. 그렇다고 그를 지나치게 '바른 생활 사나이'라고 말하면 좋아하지는 않겠지? 취미가 뭐냐고 물어본 적이 있다.

"손님 접대!"

좋은 음식점과 술집을 많이 알고 있다는 것, 술을 마시지 않아도 얼마든지 취한 사람처럼 재미있게 이야기할 수 있다는 것, 그래서 '고객만족도'가 상당히 높다는 것이다. 그에게 앞으로의 꿈을 물었다. 그는 대답 대신 노래를 불러주었다.

> 155마일 철조망이
>
> 꽃나무였으면 좋겠어
>
> 꽃 한송이 들고 경계를 넘어가는 거야
>
> (…)
>
> 아주 오래전에 만난 것만 같은
>
> 나타샤와 함께 춤을 추고
>
> 시베리아 자작나무 숲속에서
>
> 불어온 바람과 노래하고
>
> ──「시베리아, 나타샤」

김원중 데뷔 30주년 기념 자작곡 앨범 '걸어온 길, 걸어갈 길'에 수록된 노래였다.

(2016)

모악산 아래 사는
청년작가 유휴열 화백

　1990년대 초반, 전주의 작은 화랑에서 유휴열 화백의 개인
전이 열렸을 때였다. 그림을 보러 갔다가 나는 한점의 유화
앞에서 그만 시선이 얼어붙고 말았다. 눈물이 쏟아질 것 같았
다. 그 그림을 자꾸 외면했으나 발길을 뗄 수 없었다. 억지로
발걸음을 옮겨 다른 그림을 둘러보다가도 나는 다시 그 그림
앞에 돌아와 서 있었다.

　그림은 가로로 길쭉한 5×40cm 크기였다. 그림 속에는 꽃
상여 한채가 길을 떠나고 있었다. 유 화백의 '생·놀이' 연작
중 하나였다. 상여는 허공에 떠 있는 듯 너울너울 춤을 추고
있었다. 상여를 따라가는 상주들은 흐릿한 선으로 처리되어
있었고, 내가 알 것 같은 어떤 슬픈 얼굴들을 하고 있었다. 그

얼굴들 중에는 어쩐지 나도 끼여 있을 것 같았다. 황홀한 착각이었다.

내가 스물한살 때 아버지도 상여를 타고 떠났다. 나는 전통 상례 복장을 하고 삼베 두건에 새끼줄을 얹어 쓰고 대나무 지팡이를 짚고 상여를 따라갔다. 아버지를 태운 상여는 꽃상여가 아니었다. 왜 상여에 꽃을 달지 않느냐고 물었더니 상주가 혼인하기 전에는 꽃을 달 수 없다는 대답이 돌아왔다. 그게 전통풍습인지 아닌지는 아직도 알지 못한다.

매혹은 미혹이 된다던가. 아버지가 마지막 가는 길에 상여에 꽃을 달고 싶었던 내 마음은 그림을 소유하고 싶다는 어마어마한 욕심으로 바뀌었다. 당시에 나는 그림을 구입할 만한 경제적인 여유가 없었다. 해직교사였고, 전교조에서 한달에 20~30만원 나오는 생계보조비로 겨우 생활을 이어가고 있었다.

고심 끝에 유휴열 선생께 다짜고짜로 고백했다. 저 그림을 갖고 싶은데 가진 돈이 별로 없다고. 그런데 선생은 말도 안 되는 내 당돌한 제안을 스스럼없이 받아주셨다. 나중에 돈 많이 벌면 꼭 갚겠다고 했지만 나는 아직까지 약속을 지키지 못했다. 그렇게 그림을 '탈취한' 경력이 있는 나를 참 뻔뻔한 사람이라고 해도 할 말이 없다.

유휴열 선생의 집과 작업실은 전북 완주군 구이면 모악산 아래에 있다. 예로부터 이 고장 사람들이 신령스럽게 여기는 모악산의 기운이 선생의 작업을 관장하고 있다는 생각을 해본 적이 있다. 아니면 선생이 모악산에 자신의 예술을 의탁했거나. 나는 선생의 그림에 내재된 신성한 기운이 내내 궁금했고, 그래서 화가로 살지 않았다면 무슨 일을 하면서 살고 있을지 물어보았다.

"아마 무당을 하고 있지 않을까······"

무당은 신에 접속하기 위해 춤과 노래를 이용하지만 선생은 삶의 신명을 들춰내기 위해 붓을 이용한다는 차이만 있을 뿐이다. 사실 그의 회화에 무수히 등장하는 인물상은 굿판의 절정에 이른 무당을 연상시킬 때가 많다. 때로는 기괴하고 때로는 신에 겨운 이미지들이 넘실거린다. 누군가는 이를 일러 한국적 표현주의라고 했던가.

지금은 경남 하동에 내려가 살고 있는 박남준 시인이 모악산 아래 '모악산방'이라는 거처를 두었던 적이 있다. 그 오두막집에서 빈한한 시인이 10년 넘게 묵으면서 뭇 여성들을 설레게 한 것도 유휴열이라는 소유주의 뒷받침이 있었기 때문이었다. 그 집 역시 무당이 살던 곳이었다. 시인이 떠난 뒤에 선생은 한번도 그곳에 올라가본 적이 없다고 했다.

특별한 일이 없는 한 유휴열 선생은 작업실에서 하루 종일 자신과 싸운다. 회화든 조형이든 적어도 하루 여덟시간은 대상과 맞선다. 예술가나 장인에게 가끔 접신의 경지라는 말을 덧보태는 것은 그를 추켜세우기 위한 수사가 아니다. 예술가가 신에 가까스로 닿는 길은 오로지 몰두밖에 없다고 나는 믿는다. 얼마 전에 유휴열 화백은 제1회 금보성아트센터 한국작가상 수상자로 선정되었다. 때늦은 감이 있지만 이런 경사도 그동안의 몰두에 대한 보상일 것이다.

이 상은 60세 이상의 작가를 대상으로 수상자를 선정했다고 한다. 하지만 내가 보기에 유휴열 화백은 아직도 청년작가다. 근래 선보이는 알루미늄판을 이용한 조형 작업은 그 규모나 재료의 활용이 실험적일 뿐만 아니라 충분히 신비한 느낌을 선사한다. 딱딱하고 차가운 재료가 어떻게 인간적인 냄새를 품게 되는지 문외한인 나로서는 알 길이 없다.

예기치 못한 다양한 실험들 앞에서 그의 작품세계를 한두마디로 정리할 생각은 하지 말아야 한다. 앞으로 또 어떤 계획이 있느냐는 질문도 삼가야 할 일이다. 만약에 우둔한 사람이 그런 질문을 한다면 이렇게 답하실 것이다.

"사나이 가는 길을 왜 물어?"

이따금 전주의 막걸릿집에서 뵐 때, 술자리가 파한 뒤에 어디로 가시냐고 선생께 물으면 이렇게 되묻곤 하셨다. 지금은 나 같은 후배 술꾼들도 자주 써먹는 문장이 되었지만.

최근까지도 선생의 작업량은 만만치 않다. 그의 작업실 옆에는 널찍한 수장고가 두어채 있어서 50여년간의 생산물을 거기 쟁여놓았다. 캔버스뿐만 아니라 나무, 종이, 흙으로 만든 선생의 분신들이 춤을 추거나 몸을 비틀면서 세상으로 나갈 준비를 하고 있다. 그것들은 마치 온 세계와 만물이 화평해지는 미륵세상을 꿈꾸고 있는지도 모른다.

유휴열 화백이 중학교 2학년 때였다. 신석정 시인에게 그림을 보여드릴 기회가 있었다. 그때 화가를 꿈꾸던 어린 소년 유휴열의 가슴에 시인이 던진 말은 아직도 강렬하게 남아 있다.

"진정한 아름다움은 생활 한가운데에 있지."

구상과 비구상을 넘나드는 작업을 거듭하면서도 유휴열 화백은 이 한마디를 잊어본 적이 없다. 예술가라는 신산한 작업의 끈을 놓지 않고 버텨온 것도, 한자리에 안주하지 않고 방법적 혁신을 모색하면서 자신을 갱신해온 것도 이 말씀 덕분이라고 생각한다.

알루미늄 작업을 하면서도 누드 크로키를 쉬지 않는 점도 유휴열 선생다운 대목이다. 남들 같았으면 습작 시절에 하던 일이라고 돌아보지도 않았을 것이다. 선생의 설명에 의하면

비구상의 작품을 할 때도 화면을 균형 있게 구성하는 감각을 놓치면 안 되기 때문이라는 것. 수장고에 쌓인 누드 그림은 또 그대로 한 일가를 이루고 있는 게 분명하다.

　지금 모악산은 바야흐로 진초록의 여름 숲이다. 어머니의 품처럼 넉넉하게 팔을 벌리고 있는 모악을 볼 때마다 나는 작업실에서 진땀을 흘리고 있을 유휴열 선생을 떠올린다. 66살의 청년작가가 거기 산다.

(2016)

나보다 시를 잘 쓰는
열살 꼬마시인 이건

작년 이맘때 전북 익산에 있는 성당초등학교에 간 적이 있었다. 농촌 아이들이 다니는 학교였다. 초등학생들 앞에서 강연이라는 형식으로 말을 할 때는 그 어느 때보다 긴장할 수밖에 없다. 꽃밭에서 꽃들의 귀에 대고 혼자 말하는 것이므로. 꽃들은 자기들끼리 흔들리고 키득거리고 반짝이는 존재다. 내 말은 아이들에게 지나가는 바람 소리였을 것이다.

어떤 남자아이가 용감하게 악수를 청하기에 손을 잡아주었더니 아이들이 줄줄이 손을 내밀었다. 그 손들은 억세지 않았고 두껍지 않았고 욕심이 없었고 헐렁했고 가벼워서 마치 허공을 한번씩 잡는 것 같았다.

그중에 이건이라는 이름을 가진 꼬마도 있었다. 앞니 두개가 빠진 건이는 헤헤, 하고 웃었다. 보조개가 귀여운 남자아이였다. 나는 이 아이가 쓴 동시 한편에 이미 매료되어 있었다. 「모내기」라는 제목의 시였다.

논에 들어가자

뱀이 내 발을 핥는 것 같다

논에 오래 있자

발이 없어진 것 같았다

발이 푹 빠지고

뒤로 가다 확 넘어졌다

실제로 경험해보지 않으면 이렇게 실감 나는 표현을 얻기 힘들다. 아이들이 시인에 가까운 눈을 가졌다고 말하는 것은 그저 순수한 심성의 소유자이기 때문만은 아니다. 대부분의 아이들은 감정을 언어로 구체화하는 능력이 뛰어나다. 적어도 어떤 쓸데없는 지식과 개념들이 아이들의 머리를 채우기 전까지는 그렇다. 그것은 시를 쓰는 기술 이전에 생성되어 있던 선험적인 것이다.

며칠 전 건이를 다시 만났다. 1년 만이었다. 앞니 빠진 자리에 그동안 새 이 두개가 환하게 들어서 있었다. 그래서 더욱 의젓해 보였다. 짜장면을 사주고 싶었는데 아이는 돈가스를 택했다. 요즘 뭐 하고 노는지 물었다.

"할리갈리가 제일 재밌어요."

할리갈리? 건이의 설명이 이어졌지만 제대로 이해되지 않았다. 결국 인터넷 검색에 기댈 수밖에 없었다. 5~7명이 둥그렇게 앉아서 각자 나눠 가진 과일카드를 동시에 내놓고 같은 과일이 다섯개 나오면 가운데 있는 벨을 제일 먼저 눌러 종을 쳐야 이기는 게임이다.

건이는 몸으로 뛰면서 하는 놀이는 별로 좋아하지 않는다. 만약에 달리기 시합을 8명이 하면 겨우 5등 정도 하는 게 자신의 실력이라고 생각한다. 강아지와 놀고 싶기는 한데 아토피 피부염이 심해 강아지를 만지면 온몸이 가려워진다.

건이가 다니는 학교에서 3학년은 모두 18명이다. 여자아이들에게 건이는 인기 높은 신사다. 함께 짝꿍하고 싶은 친구 1순위로 뽑힌 적도 있다. 책을 많이 읽기 때문에 다른 친구들이 잘 모르는 단어를 많이 알지만 함부로 아는 체하면서 나서지 않는다. 건이는 도서 분류 기호를 거의 다 아는 학교 도서관의 어린이 사서이기도 하다.

"친구들에게 너그럽게 대하는 게 건이의 장점인데, 평소에 정리정돈을 잘하지 못해요. 책상 속이나 사물함 속에 이런저런 책과 메모지들을 정리하지 않은 채로 넣어두는 경우가 많죠. 역시 시인이라서 생각과 행동이 자유로운 건가 하고 생각하지요."

담임교사 소준표 선생의 말이다. 학교에서도 건이는 시를 잘 쓰는 아이로 통한다. 전북 초중고 백일장에서 「옷」이라는 제목의 시로 초등부 장원을 차지한 경력이 있다.

내 옷은 다 헌 옷이다
왜냐면
누나가 입다가 작아져서 다 내가 입은 것이다
지금 이 옷도 누나 거다
지금 누나가 입은 것도
곧 있으면 내 것이 될 것이다
난 남자고 누난 여잔데
이러다가 내가
여자가 될까 걱정이다

건이보다 두 살 많은 아린이 누나는 5학년이다. 가끔 과자나 아이스크림을 빼앗아 먹는 누나가 밉다. 옷을 물려받아 입어야 하는 것도 큰 불만 중 하나다. 하지만 건이는 은근히 누나를 좋아한다. 누나에게 화를 내며 대드는 버릇을 고쳐야 한다는 것을 안다. 역시 신사답다. 사실 시를 써야겠다고 마음먹은 것도 누나 때문이다. 누나가 쓴 시에다 선생님이 곡을 붙여 노래를 만들었을 때, 누나의 어깨가 우쭐하고 올라가는 것을 발견했다. 건이도 동시를 써서 칭찬을 받고 싶었던 것이다.

건이가 다니는 학교에서는 점심밥을 먹고 나서 20분쯤 동시를 읽는 시간을 마련해놓았다. 이 학교 교감인 임미성 시인이 운동장 가의 메타세쿼이아 그늘에서 기다리면 아이들이 하나둘 모인다. 서너명에서 많게는 십여명이 자발적으로 참여한다. 이름하여 '맛있겠다 동시 모임'이다.

"건이는 거의 빠짐없이 참여해요. 동시를 읽을 때는 눈이 반짝반짝 빛나고, 때로 즉흥시를 척척 잘 지어내기도 하죠. 나중에 커서 훌륭한 시인이 될 거라고 믿어요. 제가 동시를 쓰는데도 이 아이에게 많은 영감을 얻지요."

건이는 이미 시인이다. 이 아이가 쓴 동시를 읽고 나보다 훨씬 시를 잘 쓰는 꼬마시인이라고 트위터에 소개한 적이 있다.

개학을 했다 매미는 계속 운다

나무도 그대로 있다

나무는 여름에 매미 소리로 운다

68

제목은 「나무」다.

여름방학이 끝나고 학교에 왔는데 나무는 그대로 있고, 매미 울음소리도 그치지 않는다. 나무에 매달려 매미가 울 때 매미는 보이지 않는다. 그래서 꼬마시인은 나무가 매미 소리로 운다는 기막힌 발견을 해낸다! 그 어느 시인이 단 석줄로 이런 통찰력을 보였던가 싶다.

단순히 아이의 글솜씨를 칭찬하기 위해 시인이라는 말을 얹는 게 아니다. 건이는 일주일에 20권 정도의 그림책을 읽고, 동시집을 5권 이상 꾸준히 읽는다고 한다. 시를 잘 쓰고 시집을 출간해야 시인이 아니다. 시를 읽을 줄 알고 즐길 줄 아는 사람이 시인이다. 자신의 이름 앞에 시인이라는 명찰을 붙이고 싶은 사람들은 건이에게 먼저 한수 배워야 할 것이다.

내가 쓴 『연어』 그림책을 재미있게 읽었는데, 연어가 낳아 놓은 알을 누가 기르는지 궁금하다고 했다. 내게 이런 질문을 한 사람은 건이 말고는 없었다. 궁금한 게 많으면 이 또한 시인이다.

장래에 건이는 시를 쓰는 경찰이 되고 싶다고 한다. 그러려면 몸이 튼튼한 사람이 되어야 하고, 밥도 많이 먹고 반찬도 골고루 잘 먹어야 해. 내 말에 건이는 고개를 끄덕였다. 건이는 휴대전화가 없다. 액정이 깨지고 고장 난 폰을 만지작거리며 논다. '똥폰'이라고 했다. 그래, 시인은 휴대전화 따위에 연연하지 않아야 하지.

(2016)

나를 두목이라 부르는
내 친구 정진섭

올해 초, 매화 꽃봉오리가 부풀었을 때였다. 별 기별도 없이 그는 톱과 사다리를 트럭에 싣고 내 작업실로 왔다. 폭설을 뒤집어쓰고 쓰러진 마당의 소나무를 일으켜 세우는가 싶더니 우지직 끊어졌던 가지들을 손질하기 시작했다. 몇 년 전에 내가 박근혜 대통령 후보에게 안중근 의사 유묵 소장 여부를 물었다가 뜬금없이 검찰에 기소당했을 때에도 그는 법원 앞에 누구보다 빨리 얼굴을 내밀었다.

"자네도 그런가? 아, 나도 분이 안 풀려서 긍가 입맛도 없고 통 잠도 안 오네."

그는 세월호 참사 얼마 후에 나를 호출했다. 급한 일을 대충 마무리한 나는 그의 집으로 가보지 않을 수 없었다. 하지만 막상 그의 집 마당에 당도했을 때에 그는 없었다. 마당 귀퉁이에 걸린 화덕에서 뭔가가 푹푹 끓고 있었는데 김이 올라오는 솥단지 뚜껑을 열어보니 토종닭 두어마리가 삶아지고 있었다. 그는 머지않아 자전거를 타고 들어왔다. 자전거 앞쪽과 뒤쪽에는 '가만히 있지 않겠다!' '구조 0명, 진상을 밝혀라!'라는 구호 피켓이 코팅된 채로 붙어 있었다. 그는 믿기지 않는 세월호 참사의 실상을 알리기 위해 면소재지를 한바퀴 돌고 오는 길이라고 했다. 장터든 정류장이든 사람이 있는 곳이라면 어디든지 세월호 자전거를 타고 다닌다고.

그는 다름 아닌 내 친구 정진섭이다. 언제나 나를 속수무책인 사람으로 만들어버리는 내 친구 정진섭과의 인연은 내 시집 『그리운 여우』창비 1997와 관련이 있다. 1990년대 중반, 나는 전교조 해직교사로 살다가 전북 장수군 산서고등학교로 복직을 했다. 거기서 그의 친구들을 사귀게 되었는데 그 무렵 그는 고향을 떠나 타지에서 밥벌이를 하고 있었다. 그가 그 시집을 들고 몇년 후에 나를 찾아왔고, 턱수염이 늘 덥수룩한 그와 단번에 마음이 통했다.

나보다 한살이 더 많은 그를 유혹해 친구 삼자고 꼬인 것도 나다. 그는 시를 공부하고 싶다고 했다. 그런데 그는 군대에 가기 전 20대 초반에 이미 시인의 문턱에 다다른 사람이었다.

농사일도 하고 목수일도 하는 내 친구 진섭이. 그는 샘이 날 정도로 시를 잘 쓰는 친구이기도 하다. 정진섭은 1985년『현대문학』창간 30주년 기념 지상백일장에서 장원을 해 1회 추천을 받는다. 그때 심사위원이 박재삼 시인과 김춘수 시인이었다. 이후『현대문학』에서 1회 추천만 더 받았다면 그는 진즉 큰 시인이 되었을 터이다. 하지만 장수 촌놈인 그는 그저 흘려보냈어도 좋을 한마디 말에 마음이 흔들렸다.

"너, 그거 했다가는 가난에서 못 벗어나니 절대 그거 하지 마라!"

당시 국어 선생님이던 고종형님의 말을 듣고 곧 갈등에 빠져들었다. 군에 다녀온 정진섭은 점차 시에서 손을 놓고 전국 각지를 떠도는 '떠돌이'를 자처했다. 배달원으로, 현장 잡부로, 탄광촌 광부로 떠돌았다. 그가 초보 광부가 되어 태백의 어느 막다른 갱도에서 일을 할 때였다. 연장을 내려놓고 도시락을 까먹고 있는데 커다란 쥐가 어슬렁거렸다. 정진섭은 의기양양하게 쥐를 잡았다. 하지만 선배 광부들에게 호된 꾸지람을 들어야 했다. 쥐는 탄광이 위태로운 상황에 빠졌을 때 가장 먼저 신호를 보내오는 고마운 존재이기도 했던 것.

그는 가끔 나를 '두목'이라고 부른다. 자신에게 시를 가르치는 두목이라는 것. 그렇지만 나는 그에게 시를 가르치기보다 그를 통해 사람살이와 세상의 일을 배울 때가 많다. 마늘을 어떻게 심고 가꾸는지, 철쭉의 전지는 어떻게 해야 하는지, 못된 일을 벌이는 권력자들에게는 어떤 욕을 해줘야 하는지…… 그가 나의 선생이다.

내 친구 정진섭은 작업실 보일러가 더이상은 못 돌겠다고 떼를 썼을 때도, 감나무가 깊은 병에 들어 시름시름 앓을 때도 두말없이 찾아와 고쳐주고 갔다. 여름에 말벌 떼가 작업실 처마 밑에 집을 짓고는 자기네 집이라고 우겨댈 적에는 단숨에 말벌 무리를 박살 내고 갔다. 119소방대원보다 빠르게 말이다.

때로는 개울에서 아내와 함께 몇줌 주웠다는 다슬기를 들고 오기도 했고, 농사지은 햇감자며 옥수수며 양파며 참깨 같은 걸 은근슬쩍 놓고 가기도 했다. 그는 지난해에도 지지난해에도 맛이나 보고 말기에는 너무 많은 김장김치를 들고 왔다.

"노모가 '짐치통' 왜 안 찾아 오냐고 맨날 노래를 부르신당께."

며칠 전에는 또 김장김치 한통을 들고 와 멋쩍어하는 내 앞에서 호탕하게 웃고 갔다.

"작년 김장김치가 너무 짜서 올해는 소금에 절일 때 내가 옆에서 감독을 했지."

여름철에 날을 잡아 그와 함께 낚시를 몇번 간 적이 있다.

그는 경운기에 텐트와 먹을 것을 바리바리 싣고 우리를 안내하는 역할을 한다. 그가 다루는 도마 가까이 우리는 가지 못한다. 올해 여름에도 그랬다. 고기를 굽고 닭을 삶고 텐트를 치고 설거지를 하는 것 모두 그의 손끝에서 이루어진다. 물고기가 잡히지 않아 빗소리를 들으며 밤새 통음을 한 것도 다 그의 덕분이다. 올여름에도 나는 밤늦게까지 붕어 한마리 잡지 못했다. 하지만 그는 새벽녘에 낚싯바늘 하나로 참붕어 대여섯마리를 조용히 건져 올렸다. 이거야말로 여지없이 기가 죽는 순간이다.

이쯤에서 정진섭의 비리를 하나 말해야겠다. 언젠가 밤에 트럭을 몰고 가다 빙판길에 미끄러졌으나 다행히(?) 파출소를 들이받고 멈추는 바람에 죽었다 살아난 적이 있다. 물론 차는 폐차되었다. 그 이후로 술 마시는 실력은 내가 한수 위가 되었다. 가만히 생각해보니 도대체 내가 그를 앞지를 수 있는 게 거의 없다.

내 친구 정진섭은 올해 여든다섯인 아버지와 일흔다섯인 어머니를 모시고 살면서 묵묵히 산서를 지킨다. 떠돌이 생활을 하다가 첫눈에 반해 결혼한 아내 김숙희와 함께 알뜰살뜰 살아간다. 고등학교 3학년인 딸 '가을'이와 중학교 2학년인 딸 '겨울'이는 아버지를 친구처럼 잘 따른다. 두 딸의 이름을 가을과 겨울이라고 지은 것만 봐도 내 친구 진섭이는 예사 시인이 아니지 않은가.

이런 정진섭이 요새 시를 다시 쓰고 있다.

"내가 강호로 나가면 어떻게 되는 줄 알지?"

안이하게 시 쓰는 시인들은 바짝, 긴장해야 할 터이다. 나도 마찬가지다. 트럭을 끌고 다니면서 남의 집 고쳐주고 길 닦고 하는 일이 이제는 힘겹다고 한다. 요즘은 농사를 슬슬 지어볼까 궁리 중이다. 얼마 전에는 2천평의 밭을 얻어 양파를 심었다. 나는 내년에 양파를 한알도 사지 않고 그에게 매달릴 작정이다.

(2016)

살아 있는 기억의 역사,
100살의 김병기 화백

1945년 8월 15일 해방이 된 바로 다음 날 이른 아침이었다. 서른살의 김병기는 서울로 가기 위해 평양역으로 나갔다. 역 광장에는 패전 후 기차를 이용해 일본으로 빠져나가려는 일본군 77연대 소속 장교들이 가득했다. 그들은 착검한 총을 들고 일본 왕이 있는 동쪽을 향해 예를 표하는 이른바 궁성요배를 하고 있었다. 김병기도 일본 사람인 척하면서 고개를 숙였다.

평양역에서 개성까지 가는 데 세시간이 걸렸다. 김병기가 일본어를 워낙 잘했기 때문에 그를 조선 사람으로 의심하는 일본 군인은 없었다. 개성역 주변은 온통 초가집이었는데, 집집마다 태극기가 펄럭이고 있었다. 그 태극기들은 일장기 위에 덧칠을 해서 태극을 그리고 네 귀퉁이에 괘를 그려넣은 것이었다. 일본 군인들이 거친 사투리로 "저건 뭐지?" 하면서 고개를 갸웃거렸다. 김병기는 속으로 '이놈들아, 조선의 태극기도 몰라?' 하고 비웃었다. 그러고는 유창한 도쿄말로 말했다. "전쟁에 지면 국기에 먹칠을 하는 건가봐요."

서울역은 광복의 감격으로 출렁이는 바다 같았다. '조선독립만세'라는 글씨가 적힌 현수막이 나부꼈고, 우리들의 앞날에 희망이 있으니 동요하지 말자는 구호도 간간이 보였다. 수만명의 인파가 광장을 메우고 있었으며, 말을 탄 보성전문 학생들이 집회를 주도했다. 일본군의 탱크가 광장 한쪽에 서 있었고, 소련군을 환영한다는 현수막도 펄럭이고 있었다.

김병기는 아버지의 집이 있던 돈암동까지 걸어갔다. 해방의 기쁨을 만끽하는 윤무가 거리 곳곳에서 펼쳐지고 있었다. 종로 YMCA 건물 벽에 붙은 '조선독립만세'라는 글자를 보며 그는 감격의 눈물을 흘리지 않을 수 없었다.

당시 평양에 있던 그의 장인은 소설가 김동인의 형인 김동원이었다. 김동원은 도산 안창호의 수제자로서 흥사단의 이름을 대신한 수양동우회의 핵심 멤버였다. 그는 평양에서 조만식이 주도한 물산장려운동을 밑받침하기 위해 고무신공장 사업을 하고 있었다. 그 당시는 고무신을 '편리화'라고 불렀다.

　김병기가 서울에 온 이유는 장인 김동원의 밀서를 동아일보 주필을 지낸 송진우에게 전달하기 위해서였다. 서울에 도착한 다음 날, 김병기는 비원 근처 기와집에 살던 송진우를 찾아갔다. 그 집에는 민족주의 우파 계열로 한민당 창당을 준비하는 사람들로 붐볐다. 김동원의 편지는 평양의 조만식 계열과 서울의 송진우 계열이 힘을 합쳐 새로운 나라를 준비하자는 일종의 제안서였다.

　서울에 온 김에 김병기는 종로의 한청빌딩이라는 건물에 자리 잡고 있던 조선건국준비위원회 미술본부를 찾아갔다. 거기에서 화가 이쾌대를 만나기도 했다. 정치적으로 여운형 계열과 가까웠던 이쾌대는 나중에 월북을 하고, 조만식 계열과 친근했던 김병기는 월남을 하면서 두 화가의 운명은 엇갈리게 된다.

　해방 다음 날 서울 땅을 밟았다가 평양으로 돌아간 김병기는 여러 장르 예술인들과 평양예술문화협회를 조직하기도 하고, 북조선문학예술총동맹 미술동맹의 서기장을 맡다가 1947년 결국 서울로 월남한다. 그때부터 그림 창작보다 새로운 나라를 만드는 예술기획자로서의 역할이 그에게 운명처럼 다가왔다고 회고한다.

1916년 평양 출생으로 올해 100살인 화가 김병기는 말 그대로 살아 있는 역사다. 근대와 현대가, 좌익과 우익이, 평양과 서울이 그의 몸속에 공존한다. 선생은 이중섭과 초등학교 동기 동창이며 1930년대에 일본 유학을 같이했고, 화가 김환기 유영국 문학수 등과 절친하게 지낸 한국현대 추상미술의 1세대 작가다. 해방 후에 서울대학교 미술대학 강사, 한국미술협회 이사장으로 활동하던 그는 1965년 상파울루 비엔날레에 심사위원으로 참석했다가 귀국하지 않고 미국에 눌러앉아 살았다. 이것은 친구 김환기가 걸어갔던 방식과 흡사했다. 해외로 출국하는 일이 거의 전무했던 시절, 미국은 낯설었지만 선생의 예술혼을 실현시킬 꿈의 공간이었다. 뉴욕 근교의 히피들과도 자주 어울렸고, 고달프고 가난했지만 영혼은 자유로웠다.

  한국미술사에서 사라진 김병기의 이름을 다시 불러낸 건 미술평론가 윤범모 교수였다. 윤 교수의 주선으로 1986년 가나아트센터에서 22년 만에 첫 귀국 개인전을 연 것을 시작으로 2015년에는 대한민국 국적을 회복했다. 올해 봄에는 '백세청풍百世淸風: 바람이 일어나다'라는 주제로 서울에서 개인전을 열었다.

  내가 알기로 김병기 화백은 해방 전후 평양에서 시인 백석을 만난 유일한 분이다. 그림에 문외한인 나는 백석에 대한 선생의 기억을 한조각이라도 얻어듣고 싶어 뵙기를 청했다. 저녁 식사까지 포함해서 아마 다섯시간은 족히 함께했을 것이다. 그 긴 시간 동안 선생은 쉬지 않고 미술 이론 강좌를 펼쳤고, 해방전후사와 한국전쟁의 경험을 한 치의 오차 없이 기억해냈다. 목소리에는 힘과 자신감이 넘쳤고, 자세는 꼿꼿한 대나무 같았다.

백석은 1940년대 초에 화가 문학수의 동생 문경옥과 평양에서 결혼식을 올린 적이 있다.

"백석은 멋쟁이예요. 여름에는 모시적삼을 점잖게 차려입고 맥고모자를 썼지요. 그 사람은 모든 여자가 자기를 좋아한다고 착각하고 있었어요. 사실 자타가 공인하는 미남자이기도 했어요. 우리는 그런 유형의 남자를 별로 좋아하지 않아요. 그래서 우리는 '자다가 고민하는 미남자'가 백석이라고 비꼬기도 했지요. 하지만 나는 백석의 시가 지닌 포멀리즘적 경향에 대해서는 높게 평가합니다."

내가 짐짓 딴청을 부렸다.

"친구의 동생이 다른 남자한테 시집을 가서 질투가 생긴 건 아니었을까요?"

선생은 웃으며 고개를 저었다.

"백석과 결혼했던 문경옥은 아버지가 변호사였지만 소실의 딸이라는 점 때문에 우울한 성장기를 보냈고 그래서 신경이 날카로운 아이였어요. 나중엔 결국 아이를 못 낳아 백석의 어머니가 이혼을 시키고 말았지만……"

윤범모 교수는 어떤 글에서 김병기 화백의 작품을 거론하면서 역동적인 붓 터치, 직선의 리듬, 그리고 형상과 비형상의 초월에 주목한 바 있다. 이러한 지적은 화백이 살아온, 혹은 살아가고 있는 삶과도 무관치 않아 보인다. 우리는 60년이나 70년 후에 오늘날 우리의 삶을 과연 어떻게 기억할까?

(2016)

딱따구리에 미친 남자
김성호 교수

몇년 전 겨울, 낯선 사람이 사진 대여섯장을 보내왔다. 큰오색딱따구리라고 했다. 등은 온통 검었고, 날개는 새털구름 같은 흰 줄을 두르고 있었으며, 꽁지깃 아래쪽 배는 볼그스름한 분홍빛을 띠고 있었다. 보기 드문 새였다. 한껏 치장을 한 이 큰오색딱따구리가 새끼를 키우는 과정을 그가 직접 촬영하고 기록했다고 했다. 출간을 앞두고 추천사를 몇줄 부탁하기에 나는 단번에 그러마고 답신을 보냈다.

그러면서 마음 한쪽에 보풀처럼 일어나는 질투심을 억누를 수 없었다. 나는 동식물의 생태를 다룬 다큐멘터리를 자주 보는 편이다. 그때마다 그 촬영 현장을 따라다니며 잔심부름이라도 거들어봤으면 하고 혼자 꿈꾼 적이 한두번이 아니다.

자세를 맞추고 숨을 죽이고 나 아닌 것들을 오래 바라보는 그 집중의 시간은 얼마나 지루하고 또 얼마나 설렐 것인가.

김성호 교수, 누군가 그에게 '딱따구리 아빠'라는 이름을 붙여줬다. 하지만 그는 조류학자가 아니다. 원래 식물생리학을 전공한 그는 박사학위를 받고 곧바로 1991년 서남대로 부임했다. 교수 생활은 순탄치 않았다. 툭하면 재단 비리가 뉴스에 오르내렸고 연구와 강의 환경은 열악했다.

혼자서 카메라를 둘러메고 지리산 일대를 돌아다니는 일이 잦아졌다. 그러다가 운명처럼 큰오색딱따구리를 만났다. 『큰오색딱따구리의 육아일기』웅진지식하우스 2008는 큰오색딱따구리 부부가 알을 낳고 새끼를 키워 날려 보내기까지의 과정을 담은 그의 첫번째 책이다. 새를 전공하지 않은 그가 국내 최초로 이뤄낸 성과였다.

그는 큰오색딱따구리와 지독한 연애에 빠졌다. 새벽 4시에 집을 나서 밤 10시까지 은사시나무숲에 있는 움막에 틀어박혀 살다시피 했다. 학교 수업이 있으면 움막을 빠져나왔다가 다시 숲으로 돌아가 새들을 지켜봤다. 50일 동안 하루도 빠지지 않았고 밤을 새운 적도 있었다.

"제가 잘할 수 있는 일을 그때 찾았어요. 사람 한명 없는 숲에서 하루 종일, 아니 몇달이라도 새와 둥지를 바라볼 자신이 생겼지요. 가슴에 무언가 빛나는 것이 담기는 기분이었어요."

찬비가 몰아치는 어느 날, 그는 숲에 차를 세워놓고 큰오색딱따구리 둥지를 관찰하고 있었다. 우산으로 막았지만 비는 차 안으로 세차게 들이쳤다. 그는 웃옷을 벗어 카메라를 덮었다. 그랬더니 몸에 한기가 서렸다. 그 와중에도 잠이 쏟아졌다. 여기서 내가 도대체 무얼 하고 있나 하는 회의가 스쳐갔다.

그때 그는 벌떡 일어나 쏟아지는 빗속으로 걸어나갔다. 온몸으로 비를 맞고 있는 큰오색딱따구리의 느낌을 몸으로 온전히 느껴보고 싶었던 것이다.

"사랑하는 대상을 앞에 두고 꾸벅꾸벅 존다는 것은 용서가 되지 않는 일이었어요."

이 성도면 미쳐도 단단히 미쳐 있었다는 뜻이다. 그는 관찰의 대상을 타자화하지 않고 깊이 사랑하고 있었던 거다. 오래 들여다보면 사랑하게 되고 사랑하게 되면 상대가 들려주는 이야기가 귀로 들어온다는 게 김성호 교수의 지론이다. 그럴수록 자신이 조금씩 깊어지고 성장하는 느낌을 받는다고 말한다.

딱따구리의 이웃사촌으로 동고비라는 새가 있다. 이 새는 딱따구리 둥지 입구에 흙을 발라 제 집을 짓는다. 동고비의 생태를 기록한 『동고비와 함께한 80일』지성사 2010은 그의 두번째 책이다. 그리고 세번째 책 『까막딱따구리 숲』지성사 2011은 학교를 1년간 휴직하고 강원도 화천에 있는 숲에서 쓴 책이다. 하나같이 두껍고 진기한 사진자료가 많이 들어 있는 역작들이다.

새를 이야기하는 그의 책에서는 신기하게도 사람 냄새가 난다. 새를 관찰하는 사람의 자세와 품성이 책에 스며들어 있는 탓이다. 자연과학과 인문학의 접점을 김성호 교수는 누구보다 잘 안다. 그래서인지 책 속 문장은 그의 사람 됨됨이처럼 자분자분하고 극진하다. 나하고 동갑내기인 그는 나의 팬이라고 고백했지만 어느새 내가 그의 열성 팬이 되어버렸다.

그가 쓴 책 『나의 생명 수업』웅진지식하우스 2011과 『관찰한다는 것』너머학교 2015은 대중을 위한 생태에세이다. 나는 이 책들을 손이 잘 닿는 곳에 꽂아두고 세상 사는 일이 팍팍하다고 여겨질 때 가끔씩 펼쳐 본다. 아무리 하찮은 생명일지라도 이 세상에 존재하는 모든 것은 의미가 있다는 그의 관점에 동의하면서.

'버섯의 벗이 되려면 버섯보다 많이 큰 내가 먼저 버섯의 높이로 땅에 엎드리면 된다'는 깨달음은 철학자 같고, 옷에 붙은 도깨비바늘을 하나씩 떼어내며 자신은 무엇을 내려놓아야 할지 생각한다는 대목을 읽으면 그가 마치 시인 같다.

봄이면 사람들을 괴롭히는 은사시나무의 꽃가루와 씨앗을 걱정하는 이들이 있다. 그들은 나무를 무작정 베어내야 한다고 하지만 김성호 교수의 생각은 다르다. 이 은사시나무의 굵고 늙은 줄기가 딱따구리, 곤줄박이, 원앙, 소쩍새들의 중요한 거처가 되기 때문이라는 것이다.

요즘 그는 바쁘다. 학교 강의 이외에 외부 강연 일정을 소화해야 하는 이름난 강사가 되었다. 한달에 10차례쯤이니 1년이면 100차례 이상이다. 그가 만나는 청중들은 대부분 어린 학생들이다. 김성호 교수의 강연에는 몇가지 원칙이 있다. 강연의 우선순위는 초등학교, 중학교, 고등학교, 대학교순이다. 강연료는 받지 않되 책정된 예산으로 그가 펴낸 책을 구입해달라고 주최 측에 부탁한다. 강연은 일방적인 강의가 아니라 청중들과 쉼 없이 이야기를 주고받는 대화식으로 진행한다. 대화에 잘 참여하는 어린 친구들에게는 책을 선물로 나눠준다. 대상이 너무 많아 살가운 대화가 힘겨울 것 같으면 아예 강연을 수락하지 않는다고 한다.

초등학교 저학년 아이들에게 딱따구리 이야기는 흥미롭지 않을 수도 있다. 처음엔 멍하니 이야기를 듣다가 어느 순간 아이들의 눈빛이 초롱초롱해지며 저도 모르게 손뼉을 치는 일이 적지 않다. 살맛 나는 순간이다. 강연 제목도 '누군가를 사랑한다는 것'으로 정해놓고 거의 바꾸지 않는다.

"어른을 대상으로 강연을 할 때는 많은 분들이 눈물을 흘리십니다. 그래서 불을 다 끌 때가 흔한데, 어쩌면 내가 먼저 우는 것인지도 모르겠습니다."

새의 생태를 이야기하는데 사람이 울다니! 이러니 세상에 소문이 자자할 만하겠다. 자연 속에서 수많은 생명들을 만나고 있지만 그는 유독 딱따구리를 편애한다.

"내 호흡이 다하는 날까지 딱따구리 하나를 제대로 알기도 힘들 것이라는 마음뿐입니다."

자연 속에서 김성호 교수는 자연이 되어간다. 그의 관찰이 사람의 마을을 더 따뜻하고 겸손하게 만들 게 분명하다.

(2015)

돌아온 탕아 같은
시인 박기영

　　1970년대 후반 나는 대구에서 고등학교를 다니던 까까머리 문학소년이었다. 학교 공부는 팽개치고 시집을 늘 옆에 끼고 있었고, 심각한 표정으로 땅바닥을 내려다보며 걸었다. 시화전을 기웃거리거나 헌책방에 처박혀 책 냄새를 맡는 일, 그리고 백일장에 나가 상을 받는 일은 자연스러운 일상의 하나였다. 선배들을 따라 출입이 제한되어 있는 다방을 들락거리기도 했다. 담배도 술도 그때 다 배웠다. 파격이 문학이라고 배웠다.

　　대구 YMCA 건너편에 심지다방이라는 곳이 있었다. 거기에 가면 검게 물들인 군복을 입고 담배를 꼬나문 문학청년들이 있었다. 거기에 참 희한한 사람 하나가 자주 출몰했다. 고등학교를 중퇴했다는, 감지 않은 더부룩한 곱슬머리의, 구레나룻이 유난히 검은, 경상도 사투리와 서울말을 섞어 쓰면서 열변을 토하던, 말할 때는 입에서 툭툭 튀어나온 침이 내 얼굴에 닿기도 하던, 양말을 벗으면 발뒤꿈치가 연탄처럼 새까맣던, 나보다 두살 더 많은 박기영이라는 사람이었다.

나는 그를 깍듯하게 형이라고 불렀다. 어느 해 가을, 형은 나를 보더니 큰 서점으로 가서 계간문예지 『세계의문학』을 사 오라고 말했다. 나는 부리나케 뛰어가서 주머니를 탈탈 털어 책을 사다주었다. 하지만 형은 책값을 내게 건네지 않았다. 거기에 실린 이성복 시인의 신작시를 읽기 위해 내 용돈을 갈취한 거나 마찬가지였다. 그러고는 이성복이 왜 중요한 시인인지를 설파하기 시작했다.

형보다 네살이나 어린 후배가 백일장 상금으로 신형 한글 타자기를 한벌 장만했다. 그 무렵 방위병으로 복무하던 형은 타자기를 빌려 술집에서 도저히 갚을 수 없을 만큼 술을 마셨다. 형은 술집 주인에게 타자기를 내보이며 군부대에서 쓰는 암호해독기라고 속였다. 순진한 주인은 그 말을 믿고 외상술을 마신 술꾼들을 내보내줬다는 것이다. 물론 그 후배는 지금까지 타자기를 돌려받지 못했다.

매사 그런 식으로 살았다, 형은. 그런데 그가 벌인 일 중에는 한국문학에 크게 기여한 사건도 있다. 심지다방으로 소년 장정일을 처음 데리고 온 사람이 형이었다. 중학교를 중퇴한 뒤 소년원을 갔다 나온 열여덟살의 장정일을 대구의 어느 출판사에서 만났다는 것이다. 박기영 형은 시를 배우겠다고 출판사에 시집을 사러 온 그를 낚아채 서점으로 데리고 갔다. 다짜고짜 김수영부터 읽으라고 권했다.

"그후에 마야콥스키를 읽으면서 장정일의 글쓰기가 전환되는 걸 지켜봤지."

한국시에 전례가 없던 초기 장정일 시의 발랄한 도시적 상상력은 이렇게 박기영 형의 조언으로 생성된 것이다. 훗날 장정일은 첫 시집 『햄버거에 대한 명상』민음사 1987을 내면서 "나의 스승이신 박기영 형께 이 유고시집 ─ 세상의 모든 시집은 다 유고시집이지요 ─ 을 바칩니다"라고 헌사를 적었다.

1991년에 첫 시집 『숨은 사내』민음사를 낸 이후로 박기영 형의 시를 거의 볼 수 없었다. 방송작가로 전국을 떠돌아다닌다는 소문이 무성했다. 그 무렵 나는 나대로 해직교사로서의 시간을 견디고 있었고, 그의 표현에 의하면 "최하 학벌의 방송작가지만 그래도 살아남기 위해" 열심히 현장을 발로 뛰어다녔다. 그러다가 캐나다로 이민을 떠났다고 누군가 알려주었다. 형의 종횡무진과 좌충우돌이 그렇게 고요하게 수습되는

가 싶더니 2002년에 다시 귀국해서 충북 옥천에 터를 잡았다는 소식이 들려왔다.

어느 틈에 그는 옻 전문가로 변신해 있었다. 옻된장, 옻술, 옻닭 등 옻과 관련된 음식을 개발하는 일에 빠져 있었다. 시나 문학 같은 것은 정말 안중에도 없는 듯했다.

"세계에서 옻을 먹는 민족은 우리뿐이야. 옻의 문화사를 정리하고 있는데, 우리 민족의 이동 경로와 옻의 분포도가 거의 비슷해. 그리고 귀국 후에 아버지를 극복하는 방법 중의 하나가 옻이라는 생각이 들었어. 아버지 때문에 옻을 아주 많이 경험해본 것도 내게는 무기가 되었지."

그의 아버지는 대구 앞산공원 입구에서 맹산식당이라는 간판을 걸고 옻닭을 팔던 실향민이었다. 평안남도 맹산군에서 포수를 하던 아버지의 식당 창고에는 밀도살 된 산짐승들의 피비린내가 자욱했다. 그것들은 불법 유통되는 짐승의 사체였지만 박기영 형에게는 원초적 생명력을 환기하는 기제였는지도 모르겠다.

형은 최근에 두번째 시집 『맹산식당 옻순비빔밥』모악 2016을 냈다. 꼬박 25년이 걸렸다. 이 시집에는 음식이 가득하다. 아버지의 경험과 입을 통해 전해진 이 음식에 대한 시들은 단순히 과거의 음식에 대한 시적 재현에 그치지 않는다. 한 불우한

가족사와 함께 버무려져 형상화된 시들 앞에서 나는 처음에 입을 다물 수 없었다. 너무나 생생하고, 너무나 독특해서다.

항아리에 누룩을 채우고 오소리를 넣어 담는다는 오소리 술, 포수들이 산에서 잡은 곰을 옮기기 위해 곰의 내장 속에 살코기를 넣어 만들었다는 곰 순대, 멧돼지 간으로 미역국을 끓여 산후풍을 없앤다는 저담, 소금과 청국장을 넣어 물기를 뺀 다음 바짝 말려서 비상식량으로 산에 가지고 간다는 청국장 반대기……

이것뿐만이 아니다. 빈대떡을 부칠 때는 딱 한번만 뒤집어야 제 맛이 난다는 레시피도 있고, 꿩을 잡을 때 콩을 미끼로 달아 낚시로 잡는다는 진기한 이야기도 있다. 시집을 펼쳐 읽다가 보면 "어캐 냉면이래 가위로 짤라? 쌍놈의 새끼들, 지대로 된 꿩 육수도 모르는 것들이!"라고 호통치는 시인의 아버지도 만날 수 있다. 시인에게 아버지는 핏줄 이상의 역사적 스토리로 남아 있다.

"캐나다로 이민을 가서 시민권을 얻게 되면 아버지의 고향 북한을 방문할 수 있을 것 같았어. 아버지의 산소를 당신의 고향으로 옮기는 게 내 마지막 꿈이야."

이루어질 수 없는 꿈을 꾸는 게 시인이라고 했던가. 남들이 보면 철이 없다고 할 테지만 그는 여전히 진지하고, 심각하고, 간절하다.

"시나 소설을 쓰는 일이 그저 직업으로서의 문학이 되어서
는 안 돼. 대중은 작가의 생산물을 즐기면 그만이지만 작가의
길은 수도의 길이야. 나는 작가들이 먹고살기 좋은 시대는 나
쁜 시대라고 생각해. 작가들은 불행을 먹고 살아야 해. 그런
의미에서 나는 이 정권에 감사해. 그들은 현실에 대해 게으름
을 피우는 작가들에게 다시 자신이 무엇을 해야 하는지를 깨
닫게 해주었으니까."

박기영 형의 설법이다. 사실 이건 내가 하고 싶었던 말인데!

(2016)

영락없는 안동 촌놈
안상학 시인

경북 북부지방의 사투리는 부산이나 대구의 말투와는 확연히 다르다. "점심 먹었습니까?"가 안동과 예천 지방에서는 "점심 먹었니껴?"가 된다. 내가 유소년기에 습득한 언어가 그것이다. 아주 가끔씩 안상학 시인과 나는 그 무슨 암호 같은 그런 말로 대화를 나누는 사이다. "올해 설에도 연락할라이껴?" 하고 그가 물으면 "그라이시더" 하고 대답하면 된다.

명절 때 어머니가 계시는 안동으로 가서 차례를 지내고 나면 귀향한 탕아 같은 시인 몇몇이 술집으로 모인다. 오래전부터 이영광과 안상학, 그리고 나 이렇게 셋이 흐릿한 사투리로 술잔을 나누는 일이 잦아졌다. 일찍이 고향을 떠난 나는 그때만큼은 어설프게 경상도 사람이 된다.

안상학은 나보다 한살 아래 후배 시인인데, 1988년 중앙일보 신춘문예에 시가 당선되어 등단했다. 당선작 「1987년 11월의 신천」은 1980년대의 어두운 도시 풍경을 매우 구체적으로 묘사한 역작이다. 그동안 다섯권의 시집을 냈으니 아주 부지런히 시를 쓴 것은 아니다.

그는 내가 보기에 좀 떠들썩하게 잘 노는 시인이다. 안상학이 한때 전주에서 살아보고 싶다고 한 적이 있었다. 같은 고향 까마귀인 나도 나지만 그가 따르는 박남준 시인이 있었기 때문일 것이다. 한창훈에 따르면 둘 사이가 '심상찮을' 정도로 가깝다. 박남준과 안상학은 1991년에 처음 만나서 단박에 친해진 사이다. 시가 아니라 서로의 노래 때문에 한통속으로 묶였다. 그로부터 10년쯤 뒤 박남준과 내통하던 충청도 주당파의 유용주 한창훈 이정록과 어울려 술판을 주름잡고 다녔다. 그와 더불어 술잔을 기울이는 김해자 오수연 함순례 등도 꽤나 가까워 보인다. 그의 문단 교류는 문학보다는 술에 더 기울어진 느낌도 없지 않아 있다.

그렇다고 해서 안상학의 시업을 깎아내릴 생각은 없다. 그는 동화작가 권정생 선생님이 돌아가신 이후에 안동에서 권정생문화재단 사무처장으로 6년 넘게 일했다. 선생님이 타계하시기 전, 2007년에 그는 서울로 이사를 하기 위해 선생님께 인사를 드리러 갔다. 선생님은 서울행을 말리셨다.

"서울은 뭐 할라고 가노. 그냥 촌에 어디 밭 한뙈기 사서 컨테이너 놓고 글 쓰면서 살면 되지. 어디 밭이나 한번 알아봐라."

"제가 무슨 돈이 있어서 밭을 사니껴. 더 늦기 전에 다른 데 가서 한번 살아보고 싶어요. 짐도 다 쌌어요. 방도 구해놨고요."

그러자 선생님은 벽에 걸린 서류꽂이에서 봉투 하나를 꺼냈다. 거기에는 출판사에서 인세로 받은 자기앞수표 백만원이 들어 있었다. 권 선생님은 서울 가서 살림살이 장만하는 데 보태라고 쥐여주었으나 안상학은 받아들 수가 없었다. 실랑이를 하던 끝에 선생님이 말했다.

"그러면 내 볼에 뽀뽀나 한번 해주면 되잖나."

안상학은 선생님을 안고 소리가 나게 볼에 입을 맞춰드렸다. 그로부터 몇개월 후에 권정생 선생은 운명하셨고, 안상학은 고인의 유품을 정리하고 추모사업을 하는 일에 매달리게 되었다. 작년에 그는 다섯번째 시집 『그 사람은 돌아오고 나는 거기 없었네』실천문학사 2014로 제7회 권정생창작기금을 받았다.

"권 선생님이 내게 밭뙈기 사라고 상금을 쥐여주신 것만 같아서 가슴이 아파요."

안상학의 두번째 시집 제목이 『안동소주』실천문학사 1999: 걷는 사람 2019다. 그래서 그는 '안동소주 시인'으로 불리기도 하는데, 이 시집에는 그의 아버지가 많이 등장한다.

> 아버지의 인생은 오토바이 바퀴에서 그쳤다.
>
> 달구지 하나 없는 화전민으로 살다가
>
> 지게 지고 안동으로 이사 나온 뒤
>
> 아버지의 인생은 손수레 바퀴였다.
>
> 채소장수에서 술배달꾼으로 옮겨갔을 땐
>
> 아버지의 인생은 짐실이 자전거 바퀴였다.
>
> ―「아버지의 수레바퀴」 부분(『안동소주』)

그의 아버지는 꽤나 낙천적이고 성실한 분이었다고 한다. 입만 떼면 주위 사람들이 배를 잡고 쓰러질 지경이었으니 입담 또한 상당한 분이었던 것 같다. 하지만 한번 찾아온 가난에서 평생 벗어나지 못했다. 안상학이 초등학교 4학년 때 상처(喪妻)를 하고 병구완으로 전재산을 날리고 빚만 잔뜩 얻은 채로 줄곧 가난에 허덕였다. 개똥밭에 소똥 구르듯 하며 자식들이 성장했을 때는 난데없는 뺑소니 교통사고를 당하고 5년간 자리보전하다가 세상을 떴다.

안상학은 술을 즐기면서 술자리에서 노래 부르는 걸 좋아한다. 의외로 어린 시절에는 늘 우울해 보이고 말수가 적은 아이였다. 생활통지표에 그런 내용의 기록이 6년간 이어졌다고 하니 믿을 수밖에 없는 노릇이다. 초등학교 2학년 때 막내를 낳은 어머니는 돌아서서 병을 얻고 3년 투병 끝에 돌아가셨다. 짐작이 간다. 생활환경이 영향을 미쳤을 것으로 생각된다. 초등학교 시절 장래희망이 줄곧 화가였다고 하니 믿을 수 없지만 그가 가끔 붓글씨를 쓰는 것을 보면 아주 사기는 아닌 것 같긴 하다.

그는 명리학에도 관심이 많다. 시도 그렇지만 명리에 눈을 돌린 것도 10대 시절이다. 사는 게 뭔지, 나는 누구인지 질문을 던지다가 사주 명리 서적에도 자연 손이 가더라는 것이다. 이제는 자신의 운명을 아는 눈치다. 그는 자신을 자연의 일부라고 본다. 낮과 밤, 절기와 계절의 순환에 기대어 인생의 모든 과정을 파악한다. 그는 나에게 경고한 적도 있다. 이젠 문학에만 온전히 귀의하라고. 과욕을 버리라고.

안상학은 어느 글에선가 고향을 얼레로 표현한 적이 있다. 까마득한 창공을 나는 연은 저 혼자 자유로운 것 같지만 실은 얼레에 묶여 있다. 고향을 떠나서 사는 삶도 마찬가지여서 쉬고 싶을 때면 얼레에 감겨 떠나온 곳으로 돌아가고 싶다는 뜻이다. 그는 입버릇처럼, 고향이라는 곳은 살면 떠나고 싶고 떠나면 돌아가 살고 싶은 곳이라고 한다.

안상학의 시에는 그런 애증의 고향 사람들과 풍경, 정서가 도처에 녹아 있다. 아마도 한국작가회의 사무총장직을 그만두면 그는 또 안동 어디 주막에서 술잔을 기울이고 있을 것이다. 가끔 나도 거기 등장하겠지만 말이다. 지금은 서울에서 대학 다니는 딸과 함께 생활하는 그에게 한마디 던져주고 싶다.

"마이 마시더라도 아프지만 마시더!"

(2017)

큰 귀를 가진
따뜻한 진보교육감 김승환

그를 처음 만난 건 2010년이었다. 대학교수로 살던 그가 교육감 선거에 출마한다기에 선거캠프의 대변인과 홍보위원장을 맡아 잠깐 도운 적이 있다. 그 이전엔 신문 칼럼을 통해 그의 이름을 알고 있던 터였다. 그도 내 이름을 신춘문예로 등단한 신문 지면에서 처음 봤다고 한다. 그렇게 우리는 지면에서 먼저 만난 사이다.

그는 16대 전북교육감을 거쳐 2014년에도 연임에 성공했다. 주민들이 직접 선출한 교육감이 2선에 성공한 것은 남다른 의미가 있다. 그가 교육감이 된 이후 교육 현장이 무척 깨끗해졌다는 말을 많이 듣는다. 승진을 위한 더럽고 은밀한 거래는 완전하게 사라졌다. 아이들이 중심이 되는 교육정책이 현장에 스며들고 있다는 평가가 많다.

"나 정말 속상해. 이 아이들은 잠도 한번 푹 못 자보고 죽은 거잖아. 다 살릴 수 있었는데."

세월호 참사가 일어난 후 빨개진 눈으로 그가 한 말이었다. 그 이후 그의 가슴에 달린 노란 세월호 리본은 떨어진 적이 없다.

그의 아이들 사랑은 특별하다. 학교와 행사 현장에서 아이들을 만나면 가까이 다가가 눈을 마주치며 이야기를 나눈다. 아이들은 그를 '교육감님'이라는 딱딱한 호칭이 아닌 '교육감 아저씨' '교육감 할아버지'라고 부른다. 교육감 아저씨는 아이들의 질문에 진지하게 답하기도 하고, 장난기 어린 눈으로 응수하기도 한다. 어딜 가나 아이들이 따라다닌다.

그는 독서광으로 유명하다. 작년에 출간한 『교육감은 독서 중』모악 2016은 그가 읽은 80여권의 책을 정리한 것이다. 교육감 직무도 바쁠 텐데 언제 그 책을 다 읽었는지 신기할 따름이다. 북콘서트 현장에서 그가 한 대답은 "책 읽기는 호흡"이라는 것이다. 글을 쓰는 것을 업으로 삼은 나보다 어쩌면 그가 더 많은 책을 읽고 있을지도 모른다. 현장 교사들은 그를 '독서광' '책 읽는 교육감'으로 부른다.

교사들이 그를 부르는 별칭은 또 있다. 바로 '시낭송 교육감'이다. 크고 작은 행사장에서 인사말이나 강연을 시작할 때 그는 시를 낭송한다. 보고 읽는 것이 아니라 암송을 하는 것이다. 나는 그가 윤동주 시인의 「별 헤는 밤」을 한 글자도 틀리지 않고 외우는 걸 본 적도 있다. 시인인 나를 기죽이려고 그러나 싶기도 했다. 얼마 전에는 교사들의 독서 모임에 참석해 동시집을 함께 읽기도 했다. 그의 시 사랑이 멈추지 않기를 바란다.

김승환 교육감은 효자이기도 하다. 전남 장흥에서 출생한 그는 초등학교 시절 주산과 암산을 잘했다. 광주 동성중과 광주상고를 가게 된 것도 그 때문이었다. 장학금과 생활비를 지원받는 조건이었다. 이후 박사과정을 마치고 법대 교수 시절을 거쳐 지금에 이르기까지 그를 위해 헌신한 어머니. 여든여섯의 노모를 지극한 마음으로 챙기는 아들이다. 어머니와 아내, 자녀들과 나눈 이야기와 일상 이야기를 페이스북에 올리기도 한다. 얼마 전 새해 아침에는 어머니가 아들을 위해, 삶은 문어를 양보한 이야기를 재치 있게 써놓았다. 평범한 말 속에 담긴 잔잔한 감동은 마치 시처럼 읽는 이의 마음에 가닿는다. 교육감이라는 자리는 일반 시민들과는 거리가 멀게 느껴질 법도 하다. 그렇지만 일상을 자연스럽게 공개하면서 친근한 이웃집 아저씨, 마음 좋은 큰아빠라는 느낌을 주기도 한다.

김승환, 그는 재임 기간 중 가장 많이 고발당한 진보교육감
으로도 유명하다. 6년 6개월 동안 17차례 고발을 당했다. 하
지만 최근 감사원의 고발을 제외하면 모두 무죄와 무혐의로
판명되었다. 위에서 볼 때는 고분고분 말을 잘 듣는 교육감이
다루기 쉬울 것이다. 그러나 김 교육감은 관료가 아닌 아이들
과 교사들의 입장에서 교육부를 상대한다. 워낙 곧고 옳은 소
신을 굽히지 않기 때문에 불편한 평가를 받고 있는 것은 아닌
지 모르겠다.

그에 비해 국민권익위원회의 '2016년도 공공기관 청렴도
평가' 결과 전북교육청의 청렴도는 10점 만점에 7.91점을 받
아 전국 시·도교육청 중 2위를 차지했다. 지난 2012년 이후
5년 연속 2등급 평가는 김 교육감의 청렴의지와 교육청의 부
단한 노력의 결과다. 교육감 취임 후 부정한 돈을 단돈 백원
도 받지 않겠다고 선언하고 실천한다는 김 교육감. 혹시 검은
돈을 받는 일이 있다면 바로 자진 사퇴할 거라 결연히 말하는
그에게 어떤 판결이 내려질지 지켜보아야겠다.

그가 가진 투사 이미지는 실제 그와 이야기를 나눠보면 금
방 무너진다. 선거운동 기간에 나는 그에게 헐렁한 걸음걸이
를 고치라고 자주 주문했다. 강직한 투사에게는 너무나 맞지

않아 보이는 재바른 시골 농부 같은 걸음걸이. 그런데 그 농부 같은 걸음걸이가 바로 그다. 성큼성큼 걸어서 남을 위협하지도 않고, 갈지자로 걸어서 남을 곤경에 빠뜨리지도 않는다. 다만 한걸음 한걸음 최선을 다해 걷는다. 헐렁한 걸음 사이로 바람도 지나가고, 아이들의 웃음소리도 지나간다. 사람에 대한 신뢰와 사랑으로 그는 계속 걷고 있는 것이다.

2기 교육감을 준비하는 기간에 나는 그에게 '큰 귀를 가진 교육감'이 되어달라고 말했다. 위도로 가는 배 위에서, 섬마을 학교에서, 바닷가를 거닐면서 그는 내 말을 경청했다. 그는 SNS를 통해 활발히 소통한다. 페이스북 친구가 오천명 남짓 되고, 트위터와 블로그도 활용한다.

온라인 외에도 학생들이나 학부모, 교직원들과의 만남도 활발하다. 공식적인 행사 외에도 학생들이 인터뷰를 먼저 요청해 오기도 하고, 교직원들과의 만남을 먼저 제안하기도 한다. 주로 다른 사람의 이야기를 귀 기울여 들어주는 편인데, 특히 낮고 작은 소리에 먼저 귀 기울이곤 한다. 신체의 귀와 온라인의 귀, 직접 찾아가는 큰 귀를 가진 교육감인 셈이다.

김승환 교육감은 작고 마른 체구의 사람이다. 그는 겉으로 위엄 같은 걸 내세우려고 하지 않는다. 하지만 그와 직접 대화를 해본 사람은 그가 얼마나 엄격하고 철저한 사람인지 알게 된다. 나는 그가 교육감이 된 이후 도교육청에 드나들지 않는다. 강연 요청이 와도 가지 않는다. 혹여나 불편한 오해를 살까 싶어서다. 또 있다. 술 실력이 나보다 현저히 떨어지는 치명적인 약점 때문이다.

(2017)

아름답고 쓸모없기를 꿈꾸는
시인 김민정

김민정은 지금까지 세 권의 시집을 낸 시인이다. 작년에 출간한 세번째 시집 제목이 『아름답고 쓸모없기를』문학동네 2016이다. 이 제목에는 그의 삶의 태도와 시적 지향이 제대로 압축되어 있다. 시집의 제목으로 샘이 날 정도다. 이것은 '아름답고 쓸모 있기'를 바라는 이들을 향해 날리는 한방의 주먹과도 같이 통쾌하다. 시집 속의 시들 역시 우리의 기대를 저버리지 않는다. 남의 말을 자세히 듣다가 마구 뛰어다니고, 얌전한 척하다가 끝내 일을 저지르고, 점잖은 말을 하다가 돌아서서는 시원한 욕을 쏟아내고, 부지런히 일을 하다가도 질펀하게 즐기는 화자들이 여럿이다. 젊은 시인에게는 미안한 말이지만, 드디어 한 경지를 열었다는 생각이 들었다.

"제가 내 집에 사람 불러 노는 일을 퍽 즐겨하는 사람이구나 하는 걸 알았어요. 혼자 놀기의 명수였다가 고스톱판 깔아주기의 명수가 된 상황이랄까요."

김민정의 시는 때로 독자들로부터 좀 야하다는 평가를 듣는다. 두번째 시집 『그녀가 처음, 느끼기 시작했다』문학과지성사 2009를 내면서 특히 그랬을 것이다. 그래서 그의 시를 거북해하는 독자들도 종종 있다. 시 속에 벌어진 일을 전부 그녀가 겪은 일로 동일시하는 사람들도 있다. 가족들도 그렇게 오해를 한 적 있다. 야한 얘기들은 본디 시가 아니라고 생각하는, 여전히 변하지 않은 시에 관한 시선이 그는 불편하다.

내가 아는 김민정은 시인이자 유능한 편집자다. 시인으로 데뷔한 게 1999년이고 출판사 편집자로 일하기 시작한 게 1998년이니 엇비슷하게 출발한 셈이다. 스스로는 시인보다 시집 편집자가 더 어울리는 사람 같다고 낮춘다.

"저는 문단의 김상궁이 되고 싶어요. 중전이 궐 안에 갇혀 주는 밥 먹고 입혀주는 옷 입고 오도 가도 자유롭지 못하고 누군가 고해야 돌아가는 상황을 알게 되는 막힌 귀의 여자라면 상궁은 궐 안팎을 자유로이 오가고 사방팔방 뚫린 데서 온갖 소문 다 듣고 그럼에도 발품을 팔아 사는 뚫린 귀의 여자니까요."

이 말속에는 말보다 몸의 힘에 의존하는, 팔리기 위해 책을 만드는 게 아니라 버려지지 않는 책을 만드는 편집자가 되고 싶다는 다부진 꿈이 내재되어 있다. 그리고 궁궐 안에 갇혀 있다가 나라를 말아먹은 한 여인에 대한 은근한 비판의식도 깃들어 있다. 수다 속에 뼈를 끼워 넣는 수법이다.

마흔을 갓 넘어선 김민정은 이날까지 싱글이다. 혼자가 너무 편해서, 새로운 관계, 새로운 가족이 생기는 이물감이 너무 싫어서, 최선을 다해서 맺어야 한다는 강박도 강해서, 여전히 혼자 산다. 무엇보다 자신이 사는 집과 쓰는 물건들을 공유하고픈 마음이 전혀 없다는 것이다. 그의 호들갑은 늘 자신감이 넘친다. 죽을 때까지 결혼은 절대로 안 할 생각이란다. 미치면 같이 살기는 해도.

"제가 놓은 그대로 내가 정한 그 자리에 모든 물건이 있어야 하는데, 그게 흐트러지는 걸 지독히도 싫어해요. 물론 아주 근본적인 이유는, 그럼에도 이 모든 걸 뒤엎을 만한 사람이 없기 때문이겠죠."

이런 식으로 그는 세상을 살아간다. 시와 삶을 일치시킨다는 것은 거의 종교적 수행에 가까운 행위다. 저 1980년대 리얼리즘 문학은 그 숭고한 목표점을 설정했지만 결국 무위로 돌아갔다. 지금의 김민정에게서 나는 시와 삶을 일치시킬지도 모르는 한 모델을 발견한다. 그동안 어떤 시인도 입 밖으로 꺼내지 않았던 '건강한 음란성'이라는 말이 그의 입을 통해 발설된다. 그에게 금기란 고장 난 축음기에 불과한 듯하다.

여기까지만 보면, 김민정에게 뭔가 특별한 성장과정이 있는 게 아닌지 궁금해진다. 그러나 김민정은 평범한 가정에서 평범한 부모의 지극한 사랑을 받고 컸다. 하루의 시작을 아버지의 모닝콜로 열고 하루의 마무리를 엄마의 굿나이트 전화로 닫는다. 함께 살지 않아도 모든 것을 공유한다. 42년째 그녀의 밥상머리에서 생선을 발라주는 남자는 앞으로도 아버지 말고는 없다고 믿고 있다. 아버지와 어머니, 두 사람이 살아온 것을 본 것과 두 사람이 해준 것을 받아온 것에 여한이 없다고 생각한다.

"세상에 말하지 못할 것은 없다고 아빠가 말했어요. 그렇게 아빠가 가르친 자유로움이 저의 입과 저의 시와 저의 사유에도 지대한 영향을 끼치지 않았을까 싶어요. 덕분에 시에서도 그 어떤 강박을 느껴보지 못했으니까요. 반말과 술과 욕과 그럼에도 사람밖에 모르는 사람 좋음과 극단적으로 기복이 심한 감정까지 부모의 피를 고스란히 물려받은 게 접니다."

그런 김민정이 얼마 전, 사고를 쳤다. 뜬금없이 어떤 유명한 정치인에 대한 책을 엮어낸 것이다. 몇해 전, 김민정은 우연한 자리에서 그 정치인을 만났다. 김민정은 그 정치인에 대해 살짝 호감을 가지고 있었다. 어디에선가 그가 한때 신춘문예 당선작을 찾아 읽었다는 기사를 봤기 때문이다.

"신춘문예 당선작을 찾아 읽는 정치인이라면 적어도 문화와 예술을 존중까지는 아니어도 이해한다는 뜻으로 생각했어요. '부자 되세요'를 외치는 사람보다, 머리 손질에 몇시간씩 쓰는 사람보다, 이런 사람이 대통령이 되어야 내가 편하고 나라가 편안해지는 거 아니겠어요?"

김민정은 그가 궁금해졌다. 그래서 그를 겪어봤다는 여러 사람들의 추억담을 모아보았다. 어릴 적 친구, 학교 동창, 군대 동기, 이웃사촌, 함께 일했던 동료, 사회에서 만난 지인 등 다양한 사람들의 다양한 추억담을 모았다. 재미있는 이야기도 있고 감동적인 내용도 있고 엉뚱한 일화도 있었다. 하지만 문단의 선배로서 나는 그가 염려스러웠다. 정치와 시인의 발랄함이 어떻게 조화를 이룰지도 아직은 미지수이기 때문이다. 그러다가 또다른 블랙리스트에 이름이 오르는 시인이 되면 어떻게 하느냐고 농담을 던졌다. 김민정의 답은 명쾌했다.

"함께 길을 가다 서점이 보이면 슬그머니 들어가 책을 사주는 사람이 정치인이라면 괜찮은 사람 아닌가요? 앞으로 저야 뭐 끝끝내 시를 모르고 죽는 시인이 되어도 괜찮아요. 그

래서 평생 시에 대한 호기심과 상상력이 충만한 시인, 시인으
로 이름은 없지만 사람들로 하여금 그 이름이 궁금해서 가끔
은 찾게도 되는 시인 말이에요."

(2017)

무한히 착하고 매사에 지극한
시인 유강희

시 쓰는 후배 중에 유강희 시인을 좋아한다. 나보다 키가 작아서이고 나보다 더 지극한 시를 쓰기 때문이다. 30여년 전, 그가 대학 신입생이었을 때 문학동아리 행사에서 처음 만났다. 창작집에 실린 그의 시는 재학생 중에서 단연 빛났다. 나는 어깨를 두드려주며 말했다. 머지않아 시인이 될 것 같군.

두어달 후, 신춘문예 당선자 명단에서 유강희의 이름을 발견했다. 1987년 서울신문 신춘문예 시 부문에 「어머니의 겨울」이 당선된 것이었다. 불과 열아홉살의 나이에 말이다. 당선작은 고등학교 때 써놓은 작품을 개작한 것이었다. 등록금 마련 때문에 쩔쩔매던 절박함이 그의 시에 각을 세웠던 것.

유강희는 국민교육헌장이 발표되던 1968년 전북 완주군 구이면에서 태어났다. 형이 셋에 남동생이 세명 있었으니 아들만 칠형제인 집이었다. 어린 강희는 강아지, 염소, 메기, 까치, 지렁이, 허수아비 같은 온갖 형상을 흙장난으로 만들며 컸다. 예닐곱살부터 아버지 심부름으로 대두병을 들고 큰길가 점방에 막걸리를 받으러 다녔다. 말할 것 없다. 홀짝이며 시골길을 걸었다. 비어 있는 만큼 물을 채운 것도 자연스러운 스토리다.

초등학교 때 겨울, 식은 고구마를 식구들끼리 저녁으로 먹고 나면 아궁이에 불을 때면서 형이 읽다 만 미당의 『화사집』을 읽던 조숙한 소년이었다. 강희는 덕진중학교에 입학하여 1학년 때 미술을 가르치는 이승우 선생님의 눈에 띈다. 문집에 그림을 그리고 문집이 활자로 되는 기쁨을 처음 맛보았다.

강희는 가난했다. 가난했지만 가난을 딛고 일어서려는 오기 같은 것도 없었다. 그저 사람 좋고 술 잘 마시고 시 잘 쓰는 후배일 뿐이었다. 나는 강희에게 전주에서 나오는 월간잡지사의 일을 맡겨보기도 했고, 서울의 신생 출판사에 밀어 넣어보기도 했다. 1992년 강희는 출판사에서 월 20만원 정도를 번 것으로 기억한다. 보증금 20만원에 월세 8만원 하는 서울 이문동 월세방에 살면서 죽어라 시를 썼다. 한달 벌어 한달을 살던 강희는 저녁마다 술을 마셨다. 서울 생활 4년 만에 이 악물고 써낸 시를 모아 문학동네에서 첫 시집『불태운 시집』1996을 펴냈다.

거기까지였다. 강희는 2002년 봄날, 용달차 한 트럭이 못 되는 짐을 부려 불태우듯 서울 생활을 청산한다. 전북 김제시 금구면 율리에 있는 오두막집으로 낙향한다.

강희는 그때 '죽으러 밤골에 들어갔다'고 말한다. 오리나 치며 살아야겠다고 부드럽고 독한 결심을 했다. 오리를 불리지도 더 줄이지도 않으며 힘닿는 만큼의 마릿수를 놓고 소란하면서도 다정한 오리 울음을 하루치의 양식으로 삼아야겠다고 작심했다. 하지만 강희의 삶은 늘 식은 고구마 같았다.

동쪽으로 첩첩한 구성산이 가로막고 서쪽이 들판인 밤골 마을에서 가장 젊은 그는 오리 말고도 거위와 기러기를 쳤다. 담뱃값이라도 벌어보자는 심산이었다. 밖으로 출타하는 일도 거의 없었다. 그때 그는 늘 취해 있었고 폐인 같았다. 내가 잘 입지 않는 헌 옷을 한보따리 싸서 전해주면 그는 키우던 기러기가 낳은 알을 건넸다. 나는 그것을 시로 남겼다.

대설도 며칠 남지 않은 겨울 저녁, 슬레이트로 지붕을 인, 보일러도 잘 돌아가지 않는 방을 가로지르는 쥐에 못 견뎌 시인은 덫을 놓았다. 통통한 쥐가 갇혔다. 그런데 어미 쥐는 사각의 양철 쥐덫에 갇혀 털도 없이 꼼지락거리는 빨간 새끼를 낳았다. 죽음을 예감한 어미 쥐가 하루라도 빨리 새끼를 낳기 위해 출산을 앞당겼는지 새끼 쥐는 이내 죽었다. 강희는 갈대밭 아래 새끼 쥐를 파묻고 이를 시로 썼다.

가난하고 높고 외로운, 아니 구질구질한 시절이었다. 토란의 귀, 싸릿재 너머 저수지에서 잡아 온 우렁이, 굴뚝새와 산취, 호박벌과 가물치, 귀신사 검은 대나무, 볏짚 속의 고양이, 귀룽나무, 저녁똥 등이 그의 시를 채웠고, 그는 '억새꽃' 같은 절창을 써냈다. 이용악과 백석이 그의 시에서 되살아나던 4년여의 세월이었다.

강희는 오리막을 손본 후 구이에 있는 내 작업실에 자주 들렀다. 박남준 시인은 도랑의 버들치를 잡아가는 사람들에게 전쟁을 선포하기도 했지만 강희는 후배 시인들과 내 작업실 곁 개울의 버들치를 잡아 라면수프를 넣은 어죽을 끓였다.

2005년 두번째 시집 『오리막』문학동네을 펴낸 후 김용택 시인은 강희를 "야, 오리야"라고 부른다. 그러면 강희는 입술을 내밀어 오리 주둥이를 흉내 내는 것으로 대답을 대신한다.

언젠가 나는 강희의 옆구리를 쑤시며 동시를 써보라고 권했다. 그가 썼던 시의 중심에 동심이 자리 잡고 있는 것을 눈여겨봐둔 터였다. 그래서 나온 게 첫번째 동시집 『오리 발에 불났다』문학동네 2010이다. 그는 땅속의 돼지감자를 "땅속에 웅

크려 잠자고 있던/울퉁불퉁 분홍 코 돼지"로 바라본다. 그의 집중적인 사유가 만든 관찰의 결과였다. 얼마 후 그는 『지렁 이 일기 예보』비룡소 2019라는 동시집을 또 냈는데 여기 실린 「고드름 붓」은 중학교 1학년 국어 교과서에도 수록됐다.

여러권의 시집과 동화집, 동시집을 냈지만 쉰살이 다 되어 가도록 강희는 장가들 생각을 하지 않았다. 나는 신문 칼럼에 다 썩 괜찮은 신랑이 하나 있다고 공개적인 글을 쓰기도 했다. 머리에 탈모가 시작된 강희가 과연 결혼을 할까 했는데 한 모임에서 강희는 운명의 초등학교 교사를 만났다. 그의 눈빛이 바뀌고, 옷차림이 변하기 시작하는 걸 나는 그때 보았다. 사랑이라는 말의 상투성을 멀리했던 그가 정말 상투적으로 아름다워지고 있었다.

강희는 멋진 턱시도를 입고 작년 4월 식목일에 문우들을 초청해서 결혼식을 올렸다. 나는 어정쩡하게 서서 처음으로 주례 비슷한 역할을 해보았다. 가능하면 아이를 많이 낳으라는 내 주문이 아직 이뤄지지 않고 있어 애가 타는 중이다.

저는 신랑 유강희 군이 대학 1학년 새파란 청년일 때부터 만나온 선배입니다. 갓 스무살 나이로 그 어렵다던 신춘문예에 당선되는 것을 옆에서 지켜봤고, 또 시집과 동시집을 출간하면서 왕성하게 문단 활동을 펼치는 것도 봤습니다. 또 헤아릴 수 없이 많은 술잔을 후배 유강희와 부딪치기도 했습니다.

다만 나이를 먹어가면서도 결혼할 생각을 하지 않는 게 적잖게 안타까웠습니다. 그래서 작년 한겨레신문에 '썩 괜찮은 총각 하나 누가 좀 데려가달라'고 공개적인 글을 쓴 적도 있습니다.

오늘의 신부 김수희 양에게 묻고 싶습니다.

그 글에서 저는 '이 친구처럼 성품이 착하고, 순하고, 매사에 극진하기 짝이 없는 사내를 본 적이 없다'라고 썼는데요, 기억하십니까?

실제로 유강희를 만나보니까 매사에 극진한 사내라는 생각이 들었습니까?

네, 신부가 아름다운 목소리로 아주 대답을 잘했습니다.

그럼 신랑 유강희 군에게 묻겠습니다.

지난해 겨울 끝자락쯤에 동화작가 김종필 선생한테서 신부를 소개받아 오늘에 이른 것으로 알고 있습니다.

신부를 만나자마자 이 사람이 바로 내 운명이라고 여기고 청혼을 한 것으로 아는데 맞습니까?

신부를 사랑하기 때문에 지금 신랑의 심장에 엔진이 힘차게 쿵쾅거리면서 가동되고 있습니까?

그러면은 앞으로 신랑 유강희 군은 신부 김수희 양에게 묻지도 따지지도 말고 무조건 충성을 다해야 합니다. 신랑은 약속할 수 있습니까?

신랑 유강희는 시인이고 신부 김수희는 교사입니다. 신랑은 시를 낳는 사람이고, 신부는 성장하는 아이들의 미래를 낳는 사람입니다. 그것은 두 사람이 캄캄하게 떨어져 있을 때 하던 일이었습니다.

이제 두 사람이 만났으니까 두 사람이 함께 있을 때는 신랑은 시를 잊고, 신부는 학교를 잊고, 오로지 자신들의 아이를 낳는 일에 최선을 다해야 합니다. 우리가 손꼽을 수 없을 정도로 두 사람은 새끼들을 많이많이 생산해주기 바랍니다. 그렇게 할 수 있겠습니까?

온갖 봄꽃들이 다투어 피는 이 좋은 계절에 두 사람은 출발합니다. 이 두 사람은 일찍이 신랑이 노래했듯이 어머니의 그 갈라진 발바닥 틈으로 가을 하늘보다 맑은 강물이 흐르고 있음을 아는 사람들입니다. 겨울의 언덕을 넘어 어머니의 보리밭이 불길처럼 새파랗게 타고 있음을, 마을로 마을로 더 큰 마을로 타들어가고 있음을 아는 사람들입니다.

오늘 유강희, 김수희 이 두 사람은 이 세상의 싱싱하고 파란 보리밭이 되었습니다. 우리가 해야 할 일은 인제 이 두 사람의 보리밭이 어떻게 세상의 파란 불길이 되는지를 지켜보는 일일 것 같습니다.

끝으로 한마디만 덧붙이고자 합니다. 유강희와 김수희, 부디 잘 살아야 합니다. 축하합니다!

시인 중에도 자신의 속된 욕망을 시인이라는 이름으로 애써 가리려는 사람들이 적지 않다. 하지만 나는 유강희한테서 그런 모습을 본 적이 한번도 없다. 그는 무한히 착하고, 매사에 지극하고, 자신을 낮춤으로써 상대를 높일 줄 아는 사람이다. 그가 옆에 있어서 나는 좋다.

유강희에게 드리워진 농경문화의 정서가 때로는 촌스러워 보이지만, 이 촌스러움이 유강희 시의 강력하고 뜨끈한 힘이라는 걸 나는 안다. 그의 시와 동시가 겨울을 맞는 이들의 가슴에 따뜻한 난로가 되기를 빈다.

(2016)

암수술 이겨낸
봄꽃 같은 제자 이정민

또 3월이다. 이렇게 말하면 3월에는 뭔가 특별한 일이 있는
것만 같다. 사실이 그렇다. 나는 3월이면 봄꽃보다 신입생들
을 먼저 만난다. 중고등학교에 근무할 때나 대학에 있는 지금
이나 마찬가지다. 나에게는 신입생들이 목련이고 개나리이고
진달래꽃이다.

이정민을 만난 것도 3월이었다. 1994년 3월 전북 장수군의
산서고등학교. 오랜 해직교사 생활을 끝내고 찾아간 그곳은
산토끼하고 발맞추기 딱 안성맞춤이었다. 아이들은 제멋대로
핀 들꽃들처럼 싱싱했다. 정민이의 첫인상은 산서우체국 뒤
뜰에 핀 목련 같았다. 친구들보다 키가 컸고 눈이 맑았다. 그
리고 무엇보다도 글을 썩 잘 썼다. 나는 정민이를 데리고 백

일장을 다녔고 정민이는 상을 곧잘 탔다. 정민이는 철도보선원으로 일하는 아버지에 대한 이야기를 자주 썼다.

"아빠는 하루에 삼일을 사시는 분이세요. 새벽에 논일을 하시면서 하루를 사시고, 출근해서는 철도보선원으로 하루를 사시고, 퇴근해서는 또 밤늦게까지 논에서 하루를 사셨죠. 그렇지만 힘든 내색은 한번도 하지 않으셨어요."

정민이네 아버지 이준형 씨는 열일곱살에 소년가장이자 가난한 집안의 종손이 되었다. 하루 일하지 않으면 하루 굶어야 할 정도로 가난했다. 종가의 제사는 끼니때처럼 돌아왔다. 이준형 씨는 홀어머니를 모시고 아홉살과 세살이었던 두 동생을 키웠다. 군대 제대 후에는 철도청에 입사하여 줄곧 오수역에서 근무했다. 가난한 살림에 버스비를 아끼기 위해 오수역까지 이십리 길을 걸어다녔다. 낮에는 철도보선원으로 일하고, 새벽과 저녁 시간을 이용해 농사를 지으며 5남매를 모두 대학까지 보냈다. 그런 아버지를 닮았을까. 정민이는 생활력이 강했다. 대학을 다니면서도 주말이면 음식점에서 아르바이트를 했고, 졸업도 하기 전에 입시학원에서 제법 이름을 날렸다.

정민이는 내가 사는 전주에서 대학을 다녔다. 대부분의 제자들이 졸업과 동시에 연락이 뜸해지지만 정민이는 수시로 안부를 물어온다. 스승의날이면 어김없이 꽃다발을 들고 찾아왔다. 언제나 쾌활하고 밝은 표정인 정민이를 보면 흐린 날에도 마음이 맑아졌다.

정민이는 국문학과에 진학했지만 본격적으로 글을 쓰지는 않았다. 대신 정민이는 시를 쓰는 남자친구 문신을 사귀었다.

"선생님. 제 남자친구가 우리나라 최고의 시인이 될 거고요, 또 우리나라 최초의 노벨문학상 수상작가가 될 거예요."

정민이는 시 쓰는 남자친구를 자랑스러워했다. 나는 그때 문신이 그렇게 부러울 수 없었다. 시인을 존중하고 자랑스러워하는 여자친구라니.

문신은 2004년 세계일보와 전북일보 신춘문예에 당선되어 시인이 되었다. 당시 허소라 시인과 내가 전북일보 신춘문예 심사를 했는데, 그때 나는 정민이의 남자친구로 문신을 인정했던 것 같다. 문신은 자기 능력으로 시인이 된 것으로 생각하겠지만, 평강공주와 바보 온달 이야기처럼, 정민이가 있었기 때문에 문신이 시인이 되었다고 나는 믿는다.

정민이와 문신은 7년쯤 연애하고 결혼했다. 가난한 시인과 사느라 정민이는 늘 바빴다. 첫째를 임신해서는 만삭의 몸으로 학원에서 강의를 했다. 그렇게 고생해서 태어난 윤이가 올해 초등학교 5학년이 되었다. 그사이의 우여곡절을 나는 들어서 안다. 가난했으므로 젖먹이를 여수 할머니 댁에 맡겨야 했고, 학원 화장실에서 퉁퉁 분 젖을 짜야 했다. 그렇게 짠 모유를 냉동시켰다가 주말이면 여수로 달려가 딸에게 모유를 먹였다. 방과후 교사로 있을 때 낳은 세영이는 올해 초등학교에 입학했다. 막내 주영이는 이제 다섯살이 되었다. 그사이에 정민이는 독서논술학원을 직접 운영했다.

그런 정민이가 작년 여름 유방암 수술을 받았다. 항암치료를 하느라 머리카락도 죄 빠졌다고 들었다. 나는 가슴에 칼을 대는 심정을 잘 모른다. 뭉텅뭉텅 빠지는 머리카락을 바라보는 심정도 알 수 없다. 그렇지만 나는 어느 때보다 정민이가 강해 보인다. 많이 힘들었을 텐데 아파하지 않는 것이 예뻤다. 씩씩하려고 애쓰지 않고 그냥 씩씩한 모습이 보기 좋았다.

올해 마흔살이 된 정민이는 지금 생애 최초로 휴식기를 갖고 있다. 철들면서부터 쉬지 않고 달려온 삶을 돌아보는 중이다. 아버지가 하루를 삼일처럼 살아왔듯 정민이도 그렇게 살아왔다. 삶에도 숨 고르기가 필요할 것이다. 정민이는 작년 가을부터는 오래 잊고 있었던 글쓰기도 새로 시작했다. 일명 모닝 글쓰기. 새벽에 일어나 대학노트에 글을 쓴다. 지난달 목포와 진도를 여행하고 와서는 이렇게 썼다.

"몸이 고장 나면서 나는 비로소 멈추는 법을 알았다. 멈추어도 괜찮았다. 곁에는 남편이 있고 또 아이들이 있었다."

모닝 글쓰기를 두고 남편인 문신 시인이 이렇게 말한 적 있다. "세상을 쓰는 것 같아요."

정민이는 요즘 새벽에 글을 쓰고 아침이면 아이들을 학교에 보낸다. 막내는 유치원까지 손을 잡고 함께 걷는다. 문득 세상이 다르게 보이는 것은 삶의 속도 때문일 것이다. 정민이는 이제 하루를 하루로 사는 법을 익히는 중이다. 그렇게 막내를 유치원에 보내고 오면 오전에는 책을 읽는다. 시도 읽고 소설도 읽는다. 오후가 되면 병원에 간다. 매일매일 방사선 치료를 받고 3주에 한번씩 주사를 맞는다. 그래도 몸 안 어딘가에 암세포가 남아 있을지 모른다. 호르몬 치료 때문에 갱년기도 일찍 찾아왔다. 그렇지만 서두르지 않는다. 암세포를 미워하지 않으려고 한다.

지난달에 항암치료가 끝나고 이제 머리카락이 조금씩 자라고 있다. 암덩어리를 떼어낸 가슴은 홀쭉해졌지만 대신 꿈이 커졌다. 느리지만 꾸준히 자라는 머리카락처럼 정민이는 마흔살에 다시 시작하고 있다.

"선생님. 건강해질 수만 있다면 저는 가슴 없어도 돼요. 세 아이들도 잘 키워야 하고요, 하고 싶은 일들이 많아요."

수술실에 들어가면서 정민이가 했다는 말을 전해 듣고는

고개를 끄덕였다. 20여년 전, 정민이를 처음 보았던 날처럼 어느덧 3월이다. 이제 곧 목련도 피고 개나리도 피고 진달래도 피어날 것이다. 하지만 고등학교 신입생 이정민은 다시 피지 않을 것이다. 그러므로 이제는 정민이를 목련이 아닌 다른 봄꽃으로 불러주어야 할지도 모르겠다. 3월이 가기 전에, 봄꽃들이 지천으로 피기 전에 정민이네 식구들을 꼭 만나야겠다.

(2017)

내가 아는 가장 진보적인 할머니
선쌍임 여사

당신을 시위 현장에서 처음 뵌 것은 1987년 전북 익산의 창인동성당 앞 도로에서였다. 당시 나는 이리중학교 교사였는데, 퇴근 후에는 학생들을 지도한다는 핑계로 대규모 시위대의 꽁무니를 따라다니고 있었다. '6월항쟁'을 멀찍이서 팔짱 끼고 바라볼 수는 없었던 것이다. 성당 앞 도로를 점거한 시위대 앞에 민가협민주화실천가족운동협의회 어머니 한분이 핸드마이크를 들고 목청을 높이고 있었다. 선쌍임 여사였다.

다음 만남은 정읍에서 열린 최덕수 열사 노제 때였다. '한라에서 백두까지'라는 시구가 적힌 대형 걸개그림이 걸린 연단 앞에서 나는 조시를 읽었고, 선쌍임 여사는 원고도 없이 눈물 섞인 즉석연설을 했다. 머뭇거림도 막힘도 없었다. 맑고 단아한 얼굴 그 어디에서 카랑카랑한 목소리가 나오는지 존경스러울 뿐이었다.

이제는 사라진 전주의 사회과학 전문 금강서점에서도 가끔 여사님께 인사를 드릴 기회가 있었다. 민주화 투쟁 과정에서 자식을 감옥에 보낸 어머니들이 많은 때였다. 여사님은 비전향 장기수 할아버지들을 가족 아닌 민간인 여성의 얼굴로 면회를 한 최초의 인물이기도 하다.

선쌍임 여사는 알고 보니 내 대학 선배의 어머니셨다. 그 이후 나는 여사님을 어머니라고 부른다. 여사님은 1938년생 호랑이띠인데 올해 79세. 선 여사님은 영산강이 에돌아 흐르는 전남 나주군 동강면에서 면장의 딸로 태어났다. 늘 신문을 읽던 아버지의 막내딸은 젊은 시절 비싸다는 '비로드' 옷을 입을 정도로 유복했다. 그러나 학교에 다니지 못했다. 이름에서 짐작할 수 있듯이 여사님은 쌍둥이로 태어났다. 한날한시에 오빠와 함께 이란성 쌍둥이로 세상에 나온 것이다. 이 사실을 창피하게 여겼던 오빠는 쌍둥이 여동생과 같이 학교에 다닐 수 없다고 떼를 썼고, 그래서 여사님에게는 졸업장이 하나도 없다. 그렇지만 여사님은 한글은 물론 기본적인 한자를 읽을 줄 알고 물론 쓸 줄도 안다. 연필에 침을 묻혀가며 '쇠금金' 자나 '나라국國' 자 쓰는 필순을 노래를 얹어 아들들에게 가르치기도 했다. 자신은 배우지 못했지만 자식들은 모두 대학에 보냈다.

같은 마을에서 농사를 짓던 신광호 씨와 결혼한 여사님은 자식들 공부를 위해 1965년 호남선 열차를 타고 고무신 차림으로 이리역_{현재 익산역}에 내렸다. 아들 하나는 업고 둘은 손을 잡고 말이다. 처음에는 주현동 사글셋방에서 살았다. 여사님은 홀치기와 바느질을 하면서 자식들에게 참고서를 사주고 학원비를 대면서 뒷바라지를 했다.

익산에서 아들 하나를 더 낳은 여사님은 아들만 넷이다. 내 선배인 큰아들은 오래도록 교사 생활을 한 작가다. 1980년대 수배전단지에 '미남형'이라고 적힌 바 있는 둘째가 문제였다. 둘째는 전북대학교 재학 중 공대 앞 히말라야시다 위에 올라가서 시너를 뿌리고 할복을 감행하며 감옥행을 택했다. 처음에는 여사님도 교도소 면회를 할 때 덜덜 떨었다고 한다. 둘째가 노동자 투쟁 때 다시 교도소에 들어간 이후 어머니의 무용담은 막심 고리키의 『어머니』이상이었다. 정치적으로 참혹한 현실이 나약한 어머니를 투사로 만드는 존재의 전이를 우리는 여기서도 목격한다. 그때 속을 썩이던 둘째 귀종은 진안에서 농사를 지으며 여전히 시민활동가로 일하고 있다. 고분고분하고 용돈을 잘 드리는 셋째아들 귀흥은 공기업에 다닌다. 넷째 귀중은 신문사 기자로 활동하고 있고 막내며느리도 유명한 신문사의 기자다. 모두 여사님의 든든한 '빽'들이다.

딸이 없어 서운하지 않느냐고 여쭤본 적이 있다. "아, 목욕할 때 등 밀어줄 사람이 없어 좀 서운허지만 여자로서의 고통은 나 혼자로도 충분해." 한국사회 여성의 수난사를 이렇게 한마디로 간명하게 정리하는 분이 여사님이다.

선쌍임 여사는 요즘 노인복지관에 다니신다. 여기서 쌓은 영어 실력으로 영어로 된 간판도 웬만한 건 다 읽을 줄 안다. 몇년 전 여사님이 모현동에서 작은 구멍가게를 할 때 담배를 사러 갔다가 여러권의 노트에 빼곡히 영어 단어를 써놓은 걸 보고 그 열정에 감동한 적도 있다. 무슨 일이든 열성적으로 참여하는 여사님이 최근에는 인터넷에 푹 빠져 있다고 한다. 노인복지관에서 영어와 댄스를 배웠는데 얼마 전부터는 컴퓨터반에 등록하셨다. 새벽 4시에 나가서 일찌감치 등록을 한 거라고 자랑이 이만저만이 아니다. 이제 전자편지도 쓰고 사진 올리기도 능숙하게 할 줄 아신다. 가끔 영감님들로부터 핑크빛 마음을 담은 은근한 전자편지가 오기도 하는 모양이다. 인기가 여전하시다는 거다. 하지만 답장을 해본 적은 없다.

포털사이트에 접속해서 뉴스를 살피는 건 여사님의 중요한 일과 중 하나다. 비록 독수리 타법이지만 사회적인 이슈가 되는 문제들을 그냥 넘어갈 수는 없다. 단 몇줄이라도 댓글을 남기신다. 며칠 전에는 백남기 농민을 애도하면서 현정부의 태도에 분노하는 댓글을 올렸는데 여사님의 의견에 동조하는 반응들을 보면서 사는 맛이 새록새록 되살아난다고 했다.

그렇다고 여사님이 모든 일을 다 잘하시는 건 아니다. 신문이나 성경책을 읽을 때 묵독을 못하고 손가락으로 문장을 짚어가며 반드시 소리 내서 읽는다. 큰아들에게 들은 얘기다. "우리 어머니는 아들들이 조금 쓸 만한 일을 하거나 용돈을 드리면 '개보다 낫다'는 말을 자주 하시지. 어느 때는 페미니스트 같지만 '각시 자랑은 이불 속에서만 하라'는 말로 아내에게 티를 내는 것을 경계하는 완고함을 가지고 계셔."

교회에서 여사님은 '권사님'으로 불린다. 교회에서 대표기도를 할 때는 언제나 이 민족의 평화와 통일에 대한 기도를 앞세운다. 그러다보니 가족의 건강과 행복을 우선시하는 교인들한테는 핀잔을 듣기도 한다. 내가 아는 가장 진보적인 할머니가 선쌍임 여사다.

몇해 전 대선이 끝난 후, 익산에서 우연한 기회에 여사님을 뵈었다. 허리는 전보다 조금 더 굽었지만 양장 차림에 손에 매니큐어를 바른 여사님은 내 손을 잡더니 막 우는 것이었다. "내 나이가 팔십이 다 되는데 정권교체가 이룩되기 전에 내가 죽으면 어떡해? 젊은 안 선생이 어떻게 좀 해봐. 나 좋은 세상 좀 보고 죽게."

나는 아무 말도 할 수 없었다. 여사님을 껴안아드리면서 가만히 등을 다독이는 일밖에. 최근에 여사님은 해외여행을 가기 위해 여권을 10년짜리로 갱신했다고 한다. 또 한번 갱신을 할 때까지 오래오래 사시면서 좋은 세상도 맞이하시기를 빈다.

(2016)

2부

몸속 잎사귀를 꺼내
흔드는 날

임홍교 여사 약전

 십몇년 전 어머니의 칠순 잔치를 준비하면서 타블로이드 판 가족신문을 하나 만들었다. 어머니의 무릎 아래 모든 손자손녀들까지 한 꼭지씩 글을 써달라고 청탁했다. 감사의 마음을 담되 어머니를 지나치게 칭송하는 빤한 문장은 피해달라고 각별히 부탁을 얹었다. 장남으로 발행인을 자처한 나는 어머니를 한번이라도 객관적인 인물로 남겨보고 싶었다. 몇장의 사진을 골라 실었고 우리는 손님들께 꽤 근사한 가족신문을 나눠드릴 수 있었다.

 이 신문에서 우리가 가장 공을 들인 꼭지는 어머니의 삶을 연대순으로 기록해본 것이었다. 둘째동생이 이 일을 맡았다. 우리는 저마다의 기억을 끄집어내 모았고 외삼촌들의 구술을 수합했다.

1939년 일본 구로사키에서 조선인 노무자 임돌암과 최도
홍 사이 4남 1녀 중 둘째로 태어났다.

이렇게 시작하는 어머니의 연보는 기록이 쌓여갈수록 묘
한 흥분을 불러일으켰다. 우리를 낳아주고 길러준 작고 초라
한 '엄마'가 '임홍교 여사'로 고스란히 자리를 찾는 것이었다.
그것은 사적인 감정을 최대한 털어내고 난 뒤 사실의 기초 위
에 만들어진 자리였다.

그 객관성의 힘에 깃든 시적인 아우라에 나는 매료되었다.
수십년 시를 쓰면서 시적인 것을 찾아 나섰지만 사실 그대로
의 기록이 더 시에 가깝다는 걸 발견한 것이다. 현실의 실체
를 중시하는 문학예술의 사실주의가 이렇게 발생했을 것이
다. 나는 어머니의 연보를 추가하고 수정해 「임홍교 여사 약
전」이라는 제목의 시로 발표했고 최근 시집 『능소화가 피면서 악기를
창가에 걸어둘 수 있게 되었다』, 창비 2020에 수록했다. 몇줄 인용하면 다
음과 같다.

"1950년(12세) 인포국민학교에 입학하였다. 교가를 기억하
고 있고 부를 줄 안다. 6·25전쟁이 터져 안동 풍천면 갈밭으

로 피란을 갔다. '김일성 장군의 노래'도 기억하고 있다." 어머니가 어느 날 이 노래를 흥얼거리는 걸 듣고 머리털이 곤두선 적이 있다. 전쟁은 아직도 끝나지 않았다.

"1958년(20세) 호명면 황지리 소망실에 사는 다섯살 위 청년 안오성과 혼인하였다. (…) 첫날밤은 만취된 신랑, 동네 사람들의 문구멍 엿보기, 문구멍으로 연기 넣기 등으로 합방을 이루지 못하였다. 혼인 후 사흘 만에 신랑은 군대에 갔다." 이 신랑은 1981년 여름 마흔세살의 신부와 아들 넷을 놔두고 먼저 세상을 떴다.

"1971년(33세) 대통령선거에서 남편은 김대중, 본인은 박정희에 투표하였다. 남편은 전파상에서 라디오를 빌려 와 밤새 개표 방송을 청취하였다." 이후 한국의 정치문화는 아직도 이 오래된 양자 대립구도에서 크게 벗어나지 못하고 있는 게 아닐까.

어머니는 2019년 뇌경색 판정을 받고 쓰러졌고, 2년간 요양병원에서 지냈다. 난데없이 코로나19 상황이 시작되면서 두꺼운 유리문을 사이에 두고 겨우 면회가 가능했다. 그러다가 얼마 전에 여든세살의 어머니는 눈을 감으셨다. 우리는 어머니의 잔소리를 듣지 못하게 되었고 그이의 청국장과 무생채를 먹지 못하게 되었다. 참기름과 무말랭이와 간장과 된장의 보급기지를 잃어버렸다.

옛 사람들은 어머니를 자당慈堂이나 자위慈闈로 칭했고 점잖게 모친이라고 부르기도 한다. 하지만 내게는 어머니가 임홍교 여사다. 2021년 여름, 임홍교 여사가 연보의 마지막 문장을 완성했다.

위대한 영웅이나 위인만이 일대기를 남기는 게 아니다. 보통의 삶을 살아온 장삼이사張三李四의 삶에도 그에 못지않은 서사와 기승전결이 있다. 세상에 대한 지대한 공헌보다 오히려 한 사람의 인간적인 약점이 마음을 쓰라리게 할 때가 많다. 피를 나눈 가족끼리는 그 구성원의 약점을 숨기거나 왜곡하기 일쑤다. 그것은 훗날 역사의 왜곡으로 이어진다. 임홍교 여사는 가족 이외의 사람들에게 무엇을 나눠주는 일에 매우 인색했다. 지나치다 싶을 정도였다. 그렇게 아끼고 모은 현금 천만원을 손녀의 결혼을 앞두고 불쑥 내놓아 우리를 깜짝 놀라게 하기도 했다.

할아버지나 할머니, 혹은 아버지나 어머니의 연보를 써보기를 제안한다. 시간은 문장으로 기억하는 순간 탈색되지 않는다. 현란한 수사를 동원할 필요도 없고 문장을 작성하는 기술이 없어도 된다. 구체적인 자료조사를 통해 기록의 힘만 믿으면 된다. 기록이 역사다.

(2021)

구리실과 바디힌잎나무

백석의 「흰 바람벽이 있어」라는 시에는 "초생달과 바구지 꽃과 짝새와 당나귀"라는 이름이 등장한다. 시인이 이 작고 연약한 이름들을 호명한 것은 이것들이 가난하고 외롭고 높고 쓸쓸하게 살아가는 운명을 타고난 존재들임을 드러내기 위해서였다. 이를 본떠서 윤동주는 "비둘기, 강아지, 토끼, 노새, 노루"를 데리고 와 별처럼 아스라이 멀리 있는 그리운 이름들을 호출한다. 어떤 생명이나 사물에게 이름이 붙는 순간 그 존재는 하나의 주체로 다시 태어난다. 작명이나 명명을 중요하게 여기는 이유도 그 때문이다. 시인은 타성에 젖어 사는 사람들 앞에 사물의 새로운 이름을 지어 들이미는 자다.

내가 살고 있는 이 골짜기를 어른들은 '구리실'이라고 불렀다. 고향에 돌아올 때까지 나는 구리실의 의미를 모르고 지냈다. 아무도 가르쳐준 사람이 없었다. 마을 이름의 뜻까지 헤아릴 만큼 사는 게 여유롭지도 못했을 것이다.

내가 태어난 고향집 옆에는 봄에 하얀 꽃이 자욱하게 피는 한그루 나무가 있었다. 봄에는 그 나무가 늘어뜨린 가지에서 떨어진 꽃잎이 흰 눈처럼 마당 한쪽을 덮기도 했다. 사라진 그 나무의 이름을 사촌누님께 물었다. 누님은 할머니가 구름나무라고 했다고, 또렷하게 기억해냈다. 나는 무릎을 쳤다. 그 나무가 귀룽나무가 아닐까 싶었는데 내 짐작이 맞아떨어진 것. 귀룽나무는 구름나무로 불리기도 한다. '실'은 골짜기나 마을을 뜻하므로 구리실은 '귀룽나무가 자라는 골짜기'라는 뜻이었다.

고향집 마당가의 아름드리 귀룽나무는 베어낸 지 오래되었지만 지금도 5월이면 건너편 앞산 비탈에 귀룽나무가 떼를 지어 꽃을 피운다. 눈부신 구름이 허공에 집을 지은 모양새다. 구리실에 귀룽나무가 살아남아줘서 얼마나 고마운지 모른다.

봄에 땅속에서 돋는 달래는 눈에 잘 띄지 않는다. 잎이 워낙 가늘어서 막 돋기 시작하는 풀들과 구별이 쉽지 않다. 집 근처 논둑에 달래가 무더기로 자라는 걸 발견한 이후 사나

흘에 한번씩 괭이를 들고 그 부근을 어슬렁거렸다. 이제 마트에서 달래를 살 필요는 없다고 나는 아내에게 의기양양하게 말했다.

달래를 캐고 있는데 동네 할머니 두분이 다가오셨다. "여기는 몇뿌리 없니더." 저 산비탈 쪽으로 가면 달래가 온통 밭을 이루고 있다고, 아무도 캐가지 않으니 거기 가서 캐라고 손짓으로 알려주셨다. 그분들이 가리킨 곳으로 가보았더니 정말 달래가 지천으로 깔려 있었다. 나는 순식간에 신대륙을 발견한 콜럼버스가 된 기분이었다.

그분들이 길을 가다가 산모퉁이에서 멈추더니 새순을 뜯기 시작했다. 힌잎나무라 했다. 처음 들어보는 이름이어서 귀가 솔깃해졌다. 가까이 다가가서 보니 화살나무 새순이었다. 화살나무는 화살 깃을 닮은 줄기 때문에 붙은 이름이다. 이 화살나무 연한 새순을 홀잎나물이라고 부르는 고장도 있다. '힌잎'은 '홀잎'의 변형일 것이다. "이 나무를 바디힌잎나무라고 하기도 하니더." 나무줄기가 삼베를 짜는 도구인 바디의 모양을 닮았다고 해서 바디힌잎나무라고 부른다는 것이었다. 정말 기막힌 시 한편을 만난 듯 전율이 일었다.

식물의 이름은 국제적으로 명명 규칙에 따라 정한다. 1753년 린네의 제안 이후 속명과 종의 이름, 그리고 식물명을 최초로 명명한 사람의 이름을 나란히 쓰는 게 원칙이다. 우리나라에서는 국가표준식물목록을 만들어 식물명의 표준어라 할 수 있는 '국명'을 정하고 있다. 하지만 나는 이제 화살나무를 바디힌잎나무라고 부를 것이다. 도토리를 꿀밤이라 부르고 머루를 멀구라 부르고 개암을 깨금이라 부르고 거름을 걸금이라 부르고 강변을 갱빈이라 부르는 사람들의 마을에서.

그 할머니들과 30분 정도 이야기를 나누었으나 나는 그분들이 살아온 평생을 학비도 들이지 않고 배운 것 같았다. "닭이 알을 품고 있을 때는 다른 닭들이 얼씬거리지 않도록 막아줘야 하니더. 물하고 모이는 따로 좀 넣어주소." 이렇게 조언하시더니 한참 후 우연히 만난 내게 다시 물었다. "닭이 알을 깠니껴?" 21일이면 부화가 된다는데 아무런 기미가 없다고 하자 이렇게 말했다. "글렀니더. 암탉이 고생하니까 이제 쫓아내삐리야 하니더."

불치하문不恥下問, 지위나 신분, 학식과 상관없이 남에게 묻는 것을 부끄러워하지 말라는 공자의 말씀을 더 새겨들어야 할 때다.

(2021)

남방큰돌고래 보호구역

1996년에 어른을 위한 동화 『연어』를 출간할 때까지 나는 강으로 회귀하는 연어를 직접 만나보지 못했다. 연어와 관련된 책, 기사와 논문, 영상자료를 긁어모으듯이 찾아보았을 뿐이다. 원고는 속도를 내지 못했다. 급기야 큰 수족관을 집 안에 들였고, 연어 대신 민물고기 열댓마리를 기르는 일로 상상력을 보충해야 했다. 양양 남대천으로 돌아오는 연어 떼의 거뭇거뭇한 등지느러미를 만난 건 한참 후의 일이었다. 그 장엄한 풍경을 묘사한 책의 내용과 실제의 연어 회귀 장면이 그나마 흡사해서 혼자 가슴을 쓸어내렸던 적이 있다.

올해 봄에 『남방큰돌고래』휴먼앤북스 2019 출간을 준비할 때도 그랬다. 각종 자료와 상상력에 기대 원고를 쓸 수밖에 없었다. 돌고래를 보기 위해 제주 해안으로 달려갈 수도 있었다. 하지만 이번에는 돌고래를 보지 않고 써야 한다는 어떤 지침을 스스로 만들어놓은 터였다. 예술은 보이지 않는 것을 보이게 하는 일이라고 생각한다. 눈에 빤히 보이는 일은 언제나 빤한 결말에 도달하니까. 내가 실제로 돌고래를 본다고 한들 그건 한낱 외형일 뿐이다. 외형으로 내면을 들여다볼 수는 없다. 고래류의 수컷이 새끼의 양육과 성장을 위해 아무 일도 하지 않는다는 것, 가족에 대한 방치와 무관심은 다른 암컷들을 괴롭히는 폭력적인 집단행동으로 이어진다는 것, 그래서 돌고래류는 모계중심사회를 이루어 생활한다는 것, 이런 것들은 과학적 탐구의 결과물이다. 이러한 결과물을 형상화하는 일은 상상력의 도움 없이는 불가능하다.

그렇다고 해서 과학적인 사실과 예술적인 상상력을 양분해서 이해하자는 건 아니다. 과학과 예술은 비가시적인 것을 가시화한다는 측면에서 서로 닮은꼴이다. 제주 해안가에 서식하는 돌고래를 '남방큰돌고래'라 부르기 시작한 건 10년이 채 되지 않는다. 기존에 큰돌고래로 알려졌던 돌고래의 유전자를 분석해 '남방큰돌고래'로 이름 붙인 사람은 국립수산과학원 고래연구센터에서 일하는 김현우 박사다. 이것은 제주 돌고래류에 대한 명명의 차원을 넘어서서 매우 시적인 발견이라고 할 수 있다. 어떤 대상에게 고유한 이름을 얹는 일 자체가 시적인 행위이며, 한 젊은 연구자의 보고를 통해 제주의 돌고래는 존재의 전환이라고 할 만한 영역을 획득한 것이다.

2013년 여름을 기억한다. 서울대공원에서 쇼에 동원되던 남방큰돌고래를 고향인 제주 바다로 돌려보낸 일이 있었다. 이 돌고래 방류사업은 논란 끝에 성공적으로 마무리되어 세계의 주목을 받았다. 이때 바다로 돌아간 돌고래들은 야생 상태에서 새끼를 낳아 기르는 등 건강한 야성을 회복했다. 그런데 아직도 국내에서 육지의 수족관에 갇혀 사는 돌고래가 40여 마리에 이른다고 한다. 돌고래를 가둬놓고 그들의 뛰어난 지능을 돈벌이 수단으로 삼는 기업의 눈에 보이는 상상력은 몰매를 맞아도 싸다.

해양환경단체 핫핑크돌핀스에 의하면 제주 대정읍 노을해안로 일대에서는 배를 타고 바다에 나가지 않아도 1년 내내 육상에서 야생 돌고래들이 뛰어노는 모습을 볼 수 있다고 한다. 제주 여행의 필수 코스 중 하나로 남방큰돌고래를 만나는 일을 계획해보면 어떨까. 제주 제2공항과 신항만 건설, 해상풍력단지 조성 등의 난개발로 현재 돌고래 서식지는 크게 위협을 받고 있다. 남방큰돌고래는 지금 우리나라에 117마리밖에 남아 있지 않다고 한다. 이들을 위해 제주 바다 일부를 남방큰돌고래 보호구역으로 지정하자는 의견에 동의한다. 눈에 보이는 제주 바다는 환상적으로 아름답지만, 눈에 잘 보이지 않는 생명이 거기 그대로 있어야 온전한 제주 바다라고 할 수 있다.

올해 7월 1일부터 일본은 뻔뻔하게도 상업포경을 공식적으로 재개했다. 연구포경이라는 이름으로 고래를 학살해 얻은 고기를 시장에 공급하던 일본인들이 31년 만에 아예 팔을 걷어붙이고 고래잡이에 나선 것이다. 이 야만적인 고래잡이는 혹등고래, 밍크고래를 비롯해 우리나라 동해에 서식하는 고래의 등에 작살을 내리꽂는 행위로 이어질 것이다. 일본의 경제침략은 해양생태계 침략과 연결되어 있으므로 경각심을 높여야 한다. 단순히 해양자원을 보호하기 위해 고래와 돌고래에 관심을 가지는 것은 아니다. 그것은 생태계의 존망을 결정하는 중요한 잣대가 된다. 고래가 없어지면 우리도 없어진다.

(2019)

돌담을 쌓으며

고향으로 돌아와 집을 지은 뒤에 제일 먼저 예쁘장한 돌담을 쌓고 싶었다. 오래된 시골 마을 동네 노인들이 쌓아놓은 이끼 낀 돌담의 매혹을 일찍이 눈에 넣어둔 터였다. 하나 예쁜 것을 보는 것과 예쁜 것을 갖는 일은 천지 차이였다. 돌을 구하는 일부터 난관에 부딪쳤다. 돌의 가격은 지역과 업자에 따라 그 모양만큼 제각각이었다. 강에서 나온 반질반질한 돌을 쓰라는 사람이 있는가 하면 각이 진 산돌을 쓰라는 조언도 있었다. 돌을 구입하는 가격에다 운반비와 인건비를 포함하면 액수가 어마어마해서 내 계산기는 그걸 감당할 수가 없었다. 아침밥을 먹기 전에 차를 끌고 몇차례 돌을 주우러 다니기도 했다. 내가 기대하는 돌은 땅속에 얼굴을 묻고 모습을 보여주지 않았다.

결국은 적잖은 비용을 들여 백리 밖의 돌을 한 트럭 구입하고, 고종사촌 형님의 소개로 운반비만 내고 또 한 트럭 실어오고, 그리고 외삼촌 댁 연못에 쓰던 돌을 한 트럭 공으로 얻었다. 일흔살에 가까운 외삼촌이 팔을 걷어붙이고 나섰다. 나는 똘똘이라 부르는 손수레를 끌고 돌을 날랐다. 그러니까 나는 돌담 작업장의 '데모도'였다. 손목이 가는 책상머리 한심한 서생으로서는 생전 처음 맛보는 중노동이었다. 20도가 넘는 봄볕은 이마의 땀을 쥐어짰고, 한나절 돌을 나르고 나면 붉은 장갑에 구멍이 숭숭 뚫렸다.

외삼촌은 내가 들지 못하는 돌을 번쩍번쩍 들어올렸다. 평생 공직에서 일하다가 정년퇴직한 분인데 돌담을 많이 쌓아본 기술자처럼 작업에 속도가 붙었다. 이른 아침부터 저녁 늦게까지 노고를 쏟은 덕분에 돌담은 닷새 만에 바라는 대로 완성되었다. 어른 배꼽 높이까지 40미터가 넘게 긴 성을 쌓은 것이다.

돌담을 쌓는 동안 실수가 없었던 것은 아니다. 돌담에 비가 내려 이끼가 끼는 것을 상상하며 호스로 물을 뿌리는 중이었는데 그만 돌담의 첫머리 부분이 와르르 무너져내리고 말았다. 예기치 못한 상황 앞에 나도 외삼촌도 당황하지 않을 수 없었다. 수십 킬로그램 되는 돌덩이가 하찮은 물방울을 견디지 못한 것이다. 외삼촌이 벗어놓았던 장갑을 다시 끼고 요리조리 아귀를 맞추며 무너진 돌을 다시 쌓아올리더니 내게 말했다. 이제 벼락이 쳐도 안 무너질 거다. 물 다시 뿌려봐라. 나는 물을 뿌리지 않았다.

돌담이든 흙담이든 모든 담장은 그것이 세워지는 순간 경계로서의 의미를 갖는다. 안쪽과 바깥쪽이 구분되고, 나의 공간과 타인의 공간이 확연하게 나눠지는 것이다. 돌담을 쌓으면서 외부의 침입으로부터 우리 집을 보호하는 담장이 아니라 마당의 안과 밖이 서로 갈라서지 않는 담장이 되기를 바랐다. 며칠 전 경북 영덕의 한 바닷가 마을에 갔는데 그 마을에는 대문을 단 집이 한군데도 없었다. 이사 올 때 이장님이 맨먼저 이야기하더군요. 우리 마을에는 대문을 달면 안 된다고. 그런 전통이 왜 생겨났는지 아직 자세히 알지 못하지만 대문이라는 자물쇠를 설치하지 않음으로써 이웃 간 소통이 자연스럽게 이루어지도록 배려한 것이 아닐까.

울퉁불퉁한 비정형의 돌덩어리를 정형에 가까워지게 만들면서 외삼촌이 내게 자주 말했다. 작은 돌을 많이 주워 와서 끼우고 채워 넣어라. 돌담을 쌓다보면 돌과 돌 사이 틈새가 생기게 되는데 그 공간을 메우라는 것이었다. 납작하거나 둥글거나 삐죽한 삼각형이거나 그 크기에 상관없이 돌은 제 자신이 들어갈 자리를 미리 알고 있는 듯했다. 틈새에 딱 맞는 돌을 끼워 넣었을 때의 작은 기쁨을 뭐라 표현해야 할지 모르겠다. 적재적소, 적재적처, 안성맞춤 같은 말들이 왜 생겨났는지 돌담을 쌓으면서 알았다. 이 세상에 쓸모없는 돌덩이는 하나도 없다는 것도.

돌담을 완성한 지 열흘이 지났지만 아직도 메워야 할 틈새가 많다. 바람이 드나들게 내버려둘까 생각하다가 또 작은 돌하나를 주워 끼운다. 비가 꽤 세차게 내렸지만 무너지지도 않았다. 문제는 내 팔꿈치와 팔뚝이 커피잔을 제대로 들지 못할 정도로 쑤신다는 것이다. 연세 드신 외삼촌은 오죽하실까 싶다.

(2020)

동시를 읽는 겨울

 윤동주를 모르는 사람은 없지만 권태응을 아는 사람은 많지 않다. 윤동주는 1917년 중국 용정에서 태어났고 권태응은 1918년 충북 충주에서 태어났다. 윤동주는 해방이 되기 전에 옥사했고 권태응은 한국전쟁 중에 폐결핵으로 숨을 거뒀다. 윤동주는 1943년 사상범으로 일경에 체포되었고 권태응 역시 사상범으로 1939년 유학 중에 체포되었다. 삶의 이력이 유사하다는 것보다 더 중요한 것은 둘 다 빼어난 동시를 쓰는 시인이었다는 것.
 나는 윤동주의 「서시」나 「별 헤는 밤」보다 그가 쓴 40여편의 동시를 더 좋아한다.

넣을 것 없어

걱정이던

호주머니는

겨울만 되면

주먹 두 개 갑북갑북

—「호주머니」 전문

    겨울에는 이 동시를 혼자 되뇌어본다. 채워지지 않은 빈 호주머니는 힘든 시절을 통과하는 가난한 아이의 표상이다. 다행히 겨울에는 거기에 주먹 두개가 들어간다. 그 모양을 윤동주는 "갑북갑북"이라고 썼다. '갑북'은 '가뜩'의 방언이다. 이 말을 반복하면 마치 눈앞에서 주먹이 움직이는 형상이 그려진다. 비록 현실은 궁핍하지만 주먹 두개를 주머니에 가득 채운 아이는 현실을 비관하지 않는다.

자주 꽃 핀 건 자주 감자,

파보나 마나 자주 감자.

하얀 꽃 핀 건 하얀 감자,

파보나 마나 하얀 감자.

　권태응의 「감자꽃」 전문『권태응 전집』. 창비 2018이다. 공부와 놀이가 분리되지 않은 세계에 살던 아이는 보이지 않는 것을 볼 줄 안다. 새삼스러운 게 아니기 때문이다. 세상의 당연한 이치를 이렇게 간명하게 표현한 동시를 나는 만나보지 못했다. 우리는 그동안 아이들의 눈을 가림으로써 어른들의 거짓과 음흉함을 숨기고, 나아가 비현실적이고 몽환적인 세계가 마치 동심의 고향인 것처럼 왜곡을 일삼았다. 그 결과 우리는 동심으로부터 멀리 떠나왔다.

　　누나의 얼굴은

　　해바라기 얼굴

　　해가 금방 뜨자

　　일터에 간다.

　　해바라기 얼굴은

　　누나의 얼굴

　　얼굴이 숙어들어

　　집으로 온다.

윤동주의 「해바라기 얼굴」은 열악한 노동현장에서 일하는 누나를 외면하지 않았다. 권태응도 마찬가지였다. 「누구 발자국」이라는 동시는 아무도 걸어가지 않은 눈 덮인 동네 앞길에 찍힌 발자국을 보고 "실 공장에 다니는 이웃집 누나/아마도 새벽길을 갔나 보다"라고 노래한다. 1930년대에 일제는 '조선공업화정책'을 펼치게 되고 방직공장과 실을 뽑는 제사공장이 전국에 우후죽순처럼 생겨났다. 그 어떤 시인도 눈여겨보지 않았던 이웃집 누나를 아이의 눈을 통해 읽어낸 것이다.

윤동주와 권태응은 가족의 한정된 테두리 안에 동심을 가두지 않았다. 윤동주는 「오줌싸개 지도」에서 "돈 벌러 간 아빠 계신/만주 땅"까지 동심의 지형을 확대한다. 이웃에 대한 관심은 권태응의 동시에서 더욱 뚜렷하게 나타난다.

> 밥 얻으러 온 사람
>
> 가엾은 사람
>
> 다 같이 우리 동포
>
> 조선사람

등에 업힌 그 아기

몹시 춥겠네

뜨신 국에 밥 한술

먹고 가시요

──「밥 얻으러 온 사람」 전문

요즘처럼 살벌한 세상에서는 상상하기도 힘든 마음이다. 우리는 아파트 문을 꼭꼭 닫아걸고 산다.

잘 알려지지 않았던 권태응을 일찍이 세상에 호출한 이가 도종환 시인이다. 시인은 1997년부터 충주에서 권태응 문학제를 열었고 미국에 사는 선생의 아들을 찾아가 공개되지 않은 육필 원고를 찾는 수고를 마다하지 않았다. 그리하여 2018년에 『권태응 전집』을 간행하기에 이르렀다. 충주시가 권태응문학상을 제정해 해마다 수상자를 격려하는 점도 보기 좋다.

우리는 그동안 동시를 읽는 일에 인색했다. 아이들과 함께 동시를 읽는 어른들이 늘어난다면 훼손된 동심이 조금이라도 회복되지 않을까?

살구를 먹고는

살구씨 묻고

복숭아를 먹고는
복숭아씨 묻고

울안에 울 밖에
토닥닥 묻고

날마다 싹 났나
찾아가 보고

—「살구씨」 전문

    살구씨와 복숭아씨는 유난히 단단해서 발아시키는 일이 여간 힘든 게 아니다. 오랜 정성과 시간이 필요한 일이다. 단단한 씨앗에서 싹이 나온다는 상상조차 하지 않는 우리에게 이 시는 상상력을 자극하는 회초리가 된다. 철없는 아이가 철든 어른보다 우월하다고 생각할 때가 많다.

(2021)

마당을 나간 암탉

7:20, 아침에 모이를 주던 중에 흰 암탉 한마리가 닭장을 빠져나가고 말았다. 당황스러웠다. 닭장 주변을 기웃거리는 암탉을 잡으려고 황급히 민물낚시 뜰채로 녀석을 덮쳤다. 녀석은 뜰채를 피해 아예 닭장 지붕 위로 날아올랐다. 갇혀 있다가 밖으로 나온 암탉은 당당했으나 나는 조마조마했다.

7:25, 나는 한번 더 닭장 지붕 쪽으로 뜰채를 휘둘렀다. 암탉은 마치 프로펠러를 장착한 헬리콥터처럼 공중으로 몸을 띄워 올렸다. 그러고는 순식간에 철제 펜스 밖으로 날아가버렸다. 녀석이 착지한 곳은 거친 풀이 어른 허리 높이까지 자라는 풀숲이었다. 장화를 신고도 발을 들여놓기 싫은 곳. 암탉은 오도 가도 못하고 풀숲에 대가리를 처박고 있었다. 나는

정성 들여 키우던 닭 한마리를 본의 아니게 잃어버릴 처지에 놓였다.

7:35, 황선미의 『마당을 나온 암탉』사계절 2000이 생각났다. 그 동화의 주인공 '잎싹'은 찔레덤불 속에서 청둥오리 알을 부화시켰다. 이 녀석에게도 그런 기적 같은 일이 벌어지게 될까. 하지만 희망은 내 편이 아닌 듯했다. 녀석은 풀덤불 속에서 미동조차 하지 않았다. 넓고 거친 야생의 풀숲으로 녀석은 해방된 게 아니었다. 비좁은 닭장이 오히려 안전했는지 모른다. 닭장으로 돌아오지 못하면 족제비나 오소리의 추격에 시달릴 수 있다. 들고양이도 암탉을 가만 놔두지 않을 것이다. 그렇게 10여분 지나자 풀잎 끝이 조금 흔들렸고 녀석이 조금씩 발걸음을 떼기 시작하는 게 보였다.

7:50, 나는 궁리 끝에 펜스와 풀숲 사이에 5미터쯤 되는 각목을 걸쳐놓았다. 이 각목을 다리 삼아 마당으로 건너오너라. 하지만 녀석은 풀숲에서 천천히 풀씨들을 쪼아 먹을 뿐이었다. 귀환하는 일에는 전혀 관심이 없어 보였다. 각목을 타고 마당으로 뱀이라도 건너오면 어쩌나. 밤에 족제비가 슬그머니 마당으로 기어들어 오지나 않을까. 내가 오히려 조바심을 낼 뿐이었다.

8:00, 그리고 나는 머릿속으로 계산기를 두드리기 시작했

다. 우리 집에서 키우는 열여덟마리 닭 중에 암탉 한마리가 없어지면 내게 얼마만 한 손해인지를 말이다. 나는 암탉을 구할 생각은 하지 않고 옹졸한 인간이 되어가고 있었다. 그까짓 닭 한마리 때문에. 김수영이 생각났다. "모래야 나는 얼마큼 적으냐/바람아 먼지야 풀아 나는 얼마큼 적으냐"「어느 날 고궁을 나오면서」. 그러면서도 마당 밖의 암탉에게 환심을 사기 위해 모이를 한줌 던져주었다.

8:30, 잠적한 지 30여분 만에 암탉이 나타났다. 나는 이번에는 수돗가에서 호스를 끌고 가 수압을 높인 뒤에 닭에게 마구 뿌려댔다. 어떻게든 내가 걸쳐놓은 각목 쪽으로 녀석을 몰아볼 생각이었다. 갑자기 쏟아지는 소나기에 놀란 녀석이 다시 풀숲으로 숨어들었다.

8:35, 드디어 암탉이 바깥쪽 각목 끝에 매우 조심스럽게 발을 얹었다. 이제 마당 안쪽으로 놓인 각목을 타고 와서 폴짝 뛰어내리기만 하면 되었다. 제발 좀 움직여라.

8:40, 암탉은 한참을 망설이더니 각목 끝으로 발걸음을 옮기기 시작했다. 그래, 조금만 더 가까이 오너라. 각목은 녀석을 구해줄 유일한 사다리였다.

8:45, 마침내 녀석이 각목의 맨 끝에 도달했다. 나는 휴대전화를 꺼내 촬영을 해야겠다고 생각했다. 암탉의 귀환을 성

사시킨 나를 아내와 친구들에게 자랑하고 싶었던 것이다. 주머니에서 휴대전화를 꺼내드는 순간, 암탉은 내 기대와는 달리 원래 있던 풀숲 쪽으로 다시 몸을 돌리는 게 아닌가. 두시간 가까이 녀석과 벌인 실랑이가 수포로 돌아가는 순간이었다. 참으로 허탈했다.

9:30, 늦은 아침밥을 먹고 나가보았으나 마당 밖의 암탉은 보이지 않았다. 닭장 속에 있던 닭 몇마리도 풀숲 쪽을 뚫어져라 바라보고 있었다.

10:00, 이틀 동안 바깥 일정이 있어서 나는 집을 떠났다. 마당을 나간 암탉이 머리에서 떠나지 않았다.

이튿날, 우리 집에 들른 동생에게 암탉의 안부를 물었더니 마당으로 저 혼자 들어와 있다고 했다. 후줄근하게 젖은 녀석을 붙잡아 닭장에 넣어주었다는 것이다. 마음이 놓였지만 한가지 의문이 생겼다. 마당을 나갔던 암탉에게 닭장은 안식처인가, 감옥인가.

(2020)

160

멧돼지 생존 입장문

10월 6일, 대한민국 국방부는 멧돼지가 DMZ 남측 철책을 넘어오는 게 발견되면 즉시 사살하라는 명령을 하달했습니다. 10월 15일부터 군은 GOP 철책과 민간인출입통제선 사이에 사는 멧돼지를 사살하기 위해 민관군 통합 저격 요원을 운용한다고 밝혔습니다. 10월 17일, 국방부는 이틀간 126마리의 멧돼지를 사살해 매몰 조치했고, 10월 25일, 2차 민관군 합동 포획작전으로 132마리가 사살되는 성과를 거뒀다고 발표했습니다. 이를 위해 합동포획팀 800명이 투입되었다고 보고했습니다. 이 군사작전은 아프리카돼지열병을 담당하는 농림수산식품부는 물론 야생 동식물을 관리하는 환경부까지 협조해 매우 긴박하고 치밀하게 진행되었습니다. 나쁜 바이

러스 확산을 미리 차단하기 위한 불가피한 조치라고 말하겠
지요. 아프리카돼지열병이 더이상 남쪽으로 내려오지 못하도
록 국가가 예방 차원에서 조치를 취한 거라고.

국가란 무엇입니까? 국가란 일정한 영토 안에서 행복한 삶
을 살기 위해 인간이 조직한 공동체가 아닙니까? 우리도 인
간이 행복하게 복지의 혜택을 누리고 사는 일을 방해하고 싶
지 않습니다. 그와 마찬가지로 우리도 우리의 숲에서 자식새
끼들을 낳고 기르며 행복하게 살고 싶은 소박한 꿈이 있다는
걸 말하고 싶습니다. 멧돼지로 살기 위해서는 어떤 열매와
나무뿌리를 먹어야 하는지, 어디에 가면 맑은 물이 솟는 연못
이 있는지 우리도 아이들에게 훈육을 합니다. 숲이 우리의
국가이고 우리의 교실입니다. 인간들은 왜 우리의 공동체를
향해 총구를 겨누는 것입니까? 사육되는 돼지와 우리 멧돼지
는 같은 종이기는 합니다만 왜 모든 걸 돼지의 탓으로만 돌립
니까?

한국인들은 너무 많이 먹습니다. 어떤 통계에 따르면 50년
전에 비해 한국인들의 동물성 식품 섭취 비율이 7배나 올랐
다고 합니다. 비만을 해결하기 위해 연간 1조원이 넘는 돈을
쓰고 있다고 합니다. 전국의 헬스장은 성업 중이고 살을 빼기
위해 걷거나 뛰는 사람들이 늘어났습니다. 다이어트라는 말

은 이제 초등학생들에게도 일상어가 되어버린 지 오래입니다. 멧돼지들도 가끔 먹이를 찾기 위해 도시를 방문한 것뿐입니다. 쓰레기장을 뒤지기도 하고 열린 식당 문으로 들어가 식당 안을 휘젓기도 했습니다. 어느 때는 트럭에 부딪히고 강을 건너다가 사살되기도 했습니다. 우리는 인간을 해칠 생각이 없었습니다. 우리는 총이라는 무기를 소지하지도 않았습니다. 우리의 무기는 짧고 단단한 다리와 날카로운 엄니밖에 없습니다. 그럼에도 왜 경찰을 동원해 우리에게 총구를 겨누는 것입니까?

풀잎에게는 풀잎의 입장이 있고 멧돼지에게는 멧돼지의 입장이 있다는 것을 인간들은 알지 못합니다. 1854년 미국 대통령이 인디언들에게 땅을 팔라고 요청하자, 인디언 추장 시애틀은 이런 말을 했습니다. "짐승이 없는 세상에서 인간이란 무엇인가? 모든 짐승이 사라져버린다면 인간은 영혼의 외로움으로 죽게 될 것이다. 짐승들에게 일어난 일은 인간들에게도 일어나게 마련이다. 만물은 서로 맺어져 있다." 우리가 서로 연결되어 있다는 말은 참으로 서글픈 수사 같습니다. 멧돼지에 대한 대량학살을 '성과'라고 자화자찬하는 나라에서 생물 개체의 다양성이 생태계를 건강하게 한다는 말도 하고 싶지 않습니다.

멧돼지로서 나는 요구합니다. 당장 돼지의 공장식 대량사육 체계를 해체하기 바랍니다(양돈업계가 들고일어나겠지요). 전국의 모든 삼겹살집에 폐업조치를 내리기 바랍니다(요식업계가 요동치겠지요). 우리의 서식지를 까뭉개는 골프장을 폐쇄하고, 우리의 이동경로를 차단하는 도로 공사를 즉각 중단하십시오(골프장 업주와 건설업자가 시위를 하겠지요). 국회는 국민에게 육류 섭취를 중단하고 채식주의자가 되라는 법률을 제정하십시오(국회의원들은 그냥 웃고 말겠지요). 이제 우리는 어떡해야 합니까. 숲이 늘어나서 멧돼지의 개체수가 늘어났으니 숲을 없애달라고도 말하지 못합니다. 한국의 숲에 우리의 천적인 호랑이가 없으니 동물원의 호랑이를 풀어달라고 할 수도 없습니다.

멧돼지의 '멧'은 '산山'의 고유어인 '뫼'가 변형된 말입니다. 산과 숲이 우리의 국가라는 말입니다. 이제 곧 겨울이 다가오니 걱정입니다. 산에 눈이 내리면 어미 멧돼지들은 끼니를 구하기 위해 하산할지도 모릅니다.

(2019)

164

새들의 안부를 묻는다

새소리가 아침저녁으로 귀에 들어온다. 수다스럽고 부지런한 참새들 덕분에 눈을 뜰 때도 있다. 시골에 살면서 누리는 특권이다. 새들에 대해 더 알고 싶어서 카메라를 하나 새로 장만했으나 아직 새들을 앵글에 담아보지 못했다. 귀에 새소리를 담는 일만 해도 설레고 벅찬 일이다. 요즘은 소쩍새 소리가 단연 압권이다. 소쩍소쩍, 하고 한마리가 단아하게 우는 소리도 좋지만 소쩍소쩍 소쩍쩍쩍, 하고 두어마리가 울림을 만들 때가 더 좋다. 그놈들 아마 서로 화답하며 연애 중일 거라고 혼자 생각한다.

마당에 돌을 쌓아놓았더니 꽁지깃이 날렵한 박새가 자주 놀러 온다. 박새는 머리 둘레가 까맣고 가슴이 하얀 새다. 굵은 돌 틈에 둥지를 지으려는지 자주 구멍 속을 들여다본다. 이 돌로 돌담을 쌓아야 하니 거기 집 지을 생각은 하지 말거라. 그러면 내 말을 알아듣고는 통통 튀어 살구나무 가지 위로 포르르 날아간다.

참나무 우거진 앞산에는 매일 어치 두어마리가 방문한다. 어치는 머리가 붉고 날개깃이 푸르고 꽁지는 까만 멋쟁이다. 1970년대 대중가요 「산까치야」에 등장하는 산까치가 바로 어치다. 한번은 먹이를 찾고 있던 어치가 갑자기 날아오르기에 숲을 바라보았더니 고라니 한마리가 그 근처를 지나가고 있었다. 고라니의 산책을 빨리 알아채고 어치가 다른 새들에게 경계령을 발동한 것이었다.

뒷산에서 뻐꾸기가 청명한 소리를 낼 때면 대체로 날이 맑다. 뻐꾸기는 바람이 불거나 흐린 날에는 잘 울지 않는 것 같다. 뻐꾸기 소리를 들을 때면 붉은머리오목눈이 둥지에 알을 의탁해서 부화하는 그들의 뻔뻔한 습성도 눈감아주고 싶어진다. 해가 질 무렵이면 검은등뻐꾸기 소리가 초여름의 초록 사이로 들려온다. 공중을 날아다니며 울음소리를 땅에 흩뿌리는 모습도 본 적 있다. 검은등뻐꾸기가 만들어내는 4음절의 규칙적인 울음소리를 두고 짓궂은 이들이 '홀딱벗고'로 흉내를 낸 까닭이 궁금해진다. 그 흉내가 민망해서 어떤 이들은

'쪽빡깨고'로 다르게 흉내를 내었을 것이다.

마당을 가로질러 꿩이 날아가는 일, 연못에서 목욕하던 참새들이 가시에 찔리지도 않고 찔레덩굴 속으로 스며드는 일, 그리고 까치들이 음식물쓰레기를 뒤지러 오는 일은 이제 늘 겪는 일상이 되었다. 연못에 풀어놓은 잉어를 수색하기 위해 강변에 살던 검은 오리 두마리가 새벽에 찾아오는 일도 대수롭잖은 일이 되었다.

창고를 짓고 대충 짐을 정리한 뒤에 한동안 문을 달지 않은 게 화근이었다. 창고에 세워둔 책꽂이 안쪽이 매우 안전한 곳인 줄 알고 딱새가 둥지를 짓고 거기에 알 네개를 낳아놓은 것이었다. 어설프게 창고 문을 달고 한참이 지난 뒤에서야 나는 딱새 둥지를 발견했다. 알은 차갑게 식어 있었다. 알을 품으러 오던 딱새 어미들이 굳게 닫힌 문 주변에서 얼마나 가슴이 미어졌을까. 애들아, 내가 큰 죄를 졌다. 나는 알이 든 둥지를 창고 바깥 울타리 위로 옮겼다. 늦었지만 이것들의 어미가 와서 멀리서 바라보기라도 하라고.

또 있다. 며칠 전 이른 아침 베란다 유리에 무언가 강하게 부딪히는 소리가 났다. 새였다. 얼마나 빠른 속도로 날아왔는지 유리창에 새털이 몇 붙어 있었고, 새는 눈을 감고 축 늘어져 있었다. 몸집이 손바닥보다 큰 새였는데 조류도감에서 본

개똥지빠귀가 아닌가 싶었다. 봄에는 굴뚝새가 유리창에 부딪혀 까무러쳤다가 겨우 날아간 적도 있었다. 유리창이 허공인 줄 알고 날아가다가 그만 참변을 당한 새 앞에서 나는 떨리는 가슴을 진정시키기 어려웠다. 새가 다니는 길목에 집이라는 공간을 세운 내 잘못 때문이었다. 나는 뒷산에 새를 묻으며 또 자책했다. 이름을 붙이고 살면서도 죽은 새 이름을 제대로 불러주지 못하는 나는 몽매한 인간이었으므로.

내가 사는 골짜기의 제일 높은 허공에는 솔개로 추정되는 맹금류가 있다. 공중에 떠 있을 때는 얼마나 위엄이 당당한지 나는 한마리 병아리가 되어 그를 올려다본다. 그의 이름이 솔개인지 말똥가리인지 매인지 조롱이인 줄도 모르면서. 이제부터라도 새소리를 듣는 행복을 누리는 만큼 새들의 이름과 거처와 안부를 잘 아는 사람이 되고 싶다.

(2020)

시란 무엇인가

    수십년 시를 읽고 쓰는 일을 운명처럼 여기고 살았다. 여러 권의 시집을 냈고 나를 시인으로 불러주는 분들을 많이 만났다. 그런데 최근에 나는 과연 시인인가 하는 의문이 내 안에서 고개를 내밀기 시작했다. 할머니들이 쓴 시가 나를 뒤흔들었기 때문이다. 논산 한글대학에서 뒤늦게 한글을 깨친 어르신들의 시는 시란 무엇인가를 다시 한번 되묻게 한다. 사람의 마음에 가닿는 일이 시가 지향하는 가치 중의 하나라면 내가 쓰는 시는 그분들의 시에 훨씬 못 미치는 게 아닌지.

    흔히 시는 감추어 말하는 것이라고 한다. 직설적인 표현을 피하고 비유에 기대 말을 하라는 거다. 그러나 비유의 과정을 통과하지 않은 비유 이전의 언어에 오히려 진심이 어려 있을 때가 많다.

아이고 군인 대장인지 알았는디

시집 와 보니 대장간집 아들이더라

허청에는 호미 낫이 널부러져 있고

장정들 쇠로 매질소리

내 귀청 떨어지네

일꾼 밥 해주는 일이

왜 이리 힘들었던지

— 김광자 「대장간집 아들」 전문

(『내 이름 쓸 수 이따』, 구름마 2020, 이하 같은 책)

'군인 대장'과 '대장간집'의 유사한 음성이 기발한 언어유희를 만들어낸다. 사실 이 유희 속에는 절망을 끌어안으면서 현실을 인내하는 화자의 슬픔이 내재되어 있다. 이 시는 한낱 푸념이 아니다. 이 어르신의 생애 그 자체다.

무기교의 기교라는 말이 있다. 예술의 영역에서 기교는 멋을 부리거나 자신의 작품을 과시하려는 욕망에서 발생한다. 할머니들이 시적인 기교를 누구에게 배우거나 연습했을 리가 없다. 아예 그 개념조차 염두에 두지 않았을 것이다. 그 덕

분에 아무런 치장과 수식이 없는 무기교의 맨얼굴을 선보일
수 있었을 것이다.

> 어머니가 하얀 고모신 사오셨다
>
> 조아서
>
> 발닥고 새신에
>
> 발을 꼭 마추엇다
>
> 그리고
>
> 나는 사분사분
>
> 둑길을 거럿다
>
> 나비처럼
>
> 하얀 고모신에
>
> 흑 무들 까봐
>
> 고모신 버서
>
> 가슴에 안고
>
> 맴발로 맴발로 거럿다
>
> ──이범희 「하얀 고모신」 전문

 하얀 고무신을 선물받은 아이의 마음은 발을 닦고 나서야
새 신을 신는 마음이고, 신발의 크기와 상관없이 발을 신발에

꼭 맞추는 마음이며, 고무신에 흙이 묻을까봐 가슴에 안고 둑길을 걷는 마음이다. 이 시가 특히 아름다운 것은 마지막 행 "맨발로 맨발로"의 반복 때문인데 이 반복은 즐거움에 가득 차서 걷는 아이를 실감 있게 표현한다. 이 산뜻하기 그지없는 반복을 지금 이 땅의 어느 시인이 구사할 수 있다는 말인가.

세상은 고차원적인 지식과 정보가 넘치지만 우리는 별로 행복하지 않다. 우리는 단순해지는 법을 잊어버렸기 때문이다. 풍부한 경험과 단단한 이력을 쌓으면서 우리는 딱딱해져 버렸기 때문이다. 맞춤법과 띄어쓰기에 매달리면서 우리의 글들은 기계적인 형식 속에 갇혀 공문서처럼 변해버렸다.

　　백일홍 나무에

　　고운 꽃이 피었구나

　　100일 뒤에는

　　쌀밥을 먹겠구나

── 오세연 「백일홍」 전문

백일홍은 배롱나무를 말하는데 여름에 100일 가까이 꽃을 피운다고 해서 백일홍이라고 부르기도 한다. 그런데 100일 뒤에 가을이 와서 추수를 하게 되고 그러면 쌀밥을 먹게 된다는 이 발견의 눈은 경험이 만든 뛰어난 과학이다. 백일홍의 꽃과 쌀밥 사이의 먼 거리가 이렇게 가까울 줄이야.

문자를 습득하면서 어르신들은 생을 바라보는 관점이 변화되었다. 비로소 다물었던 입을 열고 캄캄하던 눈을 개안開眼한 것이다. 한글을 공부하면서 자신의 이름을 되찾게 되었고, 타자를 조금 더 이해하는 눈을 갖게 되었다.

기푼 산속에 밭 있다

깨도 심었고

콩도 심었는데

토끼가 뜨더 먹었다

나는 무엇을 먹을까

토끼한테 젓다

— 이월영 「내가 젓다」 전문

세상을 보는 태도, 소재의 착상, 시 창작의 과정, 그리고 그 결과물인 시에 진술한 마음이 차고 넘친다.

나는 초등학교 6학년 때 사촌형을 따라 도시로 나가 살았다. 어머니가 그때 보낸 편지에는 열심히 공부해서 큰사람이 되라는 훈계 따위는 없었다. 내가 기억하는 문장은 "나물 무칠 때 참기름 많이 넣어 먹어라" 이거 하나다. 이 시집에 실린 시들을 읽으며 나는 그 옛적 우리 어머니의 이 한 문장을 떠올린다. 삐뚤삐뚤한 글씨를 편지지에 적던 어머니의 손과 한 자 한 자 공을 들여 글자를 적었을 할머니들의 손을 생각한다.

(2020)

시와 식물

    나는 정말 애기똥풀의 이름을 모르고 살았다. 나의 무지와 무관심 때문에 눈앞의 모든 식물은 이름 없는 들꽃일 뿐이었다. "나 서른다섯 될 때까지/애기똥풀 모르고 살았지요/해마다 어김없이 봄날 돌아올 때마다/그들은 내 얼굴 쳐다보았을 텐데요//(…)//애기똥풀도 모르는 것이 저기 걸어간다고/저런 것들이 인간의 마을에서 시를 쓴다고"「애기똥풀」, 『그리운 여우』 나는 참회의 시를 썼다. 그 이후 식물의 이름을 알아가는 일은 내게 매우 흥미로운 일의 하나가 되었다. 이름을 아는 일은 그 존재의 입구로 들어서는 일이다. 이름이라는 형식은 존재의 기호이기 때문이다. 데이비드 애튼보로는 『식물의 사생활』까치 1995 서문에서, 식물은 볼 수 있으며 서로 의사소통을 할 수 있고 정확하게 시간을 잴 수도 있다고 말했다. 그것은 과학의 발견이지만 시적 통찰이기도 하다. 식물은 단순히 동물에게 영양소와 목재와 그늘을 공급해주는 객체로만 존재하지 않는다. 식물은 동물과 마찬가지로 이 세계의 중요한 구성원이다.

한국에서 식물을 과학적으로 체계화하기 시작한 사람은 나카이 다케노신이라는 일본인이었다. 그는 1913년 조선총독부 촉탁 식물학자로 들어와 4000종이 넘는 조선 식물을 근대적 분류법으로 등록했다. 특히 미선나무, 금강초롱 등 440여종의 조선 특산식물에 자신의 이름을 붙여 학계에 보고했다. 그의 식물채집과 통역을 도운 정태현, 생약학 전공자로 출발한 도봉섭이 조선인으로서는 최초의 식물분류학자라고 할 수 있다. 도봉섭은 한국전쟁 때 월북해 북한 식물학의 기틀을 잡았다. 1937년 정태현·도봉섭·이덕봉·이휘재의 이름으로 발간한 『조선식물향명집』은 우리 학자들이 식물명을 집대성한 최초의 단행본이다. 이 책은 식물에 '조선명'을 부여하는 확실한 기준을 제시하고 있다. 그들은 수십년간 전국 각지의 현지조사를 통해 식물명을 수집했고 실제로 조선인이 사용하는 이름을 우선으로 했다.

지금 덕수궁미술관에서는 '절필시대'라는 주제로 근현대

화가 여섯 사람의 전시가 열리고 있다. 전시는 9월 15일까지 이어진다. 이 중에 도봉섭의 부인 정찬영의 식물세밀화는 이 분야의 원조라고 할 만하다. 그는 남편을 도와 식물세밀화를 그렸지만 부부가 함께 준비했던 식물도감은 남편이 행방을 감추자 출간되지 못했다. 정찬영은 1930년대에 모윤숙 최정희 노천명 등과 교유한 흔적이 있다. 여기에서 우리는 시인 백석이 이 여성문인들과 친분이 두터웠다는 점을 참고할 필요가 있다. 당시 백석은 조선일보에서 잡지 『여성』과 『조광』의 편집을 담당했는데 그가 국내 식물학 분야의 성과를 눈여겨보았으리라는 추측은 얼마든지 가능하다.

백석은 1935년부터 1962년 북한에서 마지막 시를 발표할 때까지 모두 115편의 시를 남겼다. 여기에서 식물 이미지로 분류할 수 있는 시어가 350여개 등장하며 국가표준식물목록에 수록된 식물명이 105개에 이른다. 백석의 시에는 쇠조지쇠서나물, 가지취빗살서덜취, 이스라치이스라지, 스무나무 시무나무, 들매나무 들메나무, 바구지꽃 미나리아재비과 같은 일반인들에게는 낯선 식물명이 자주 출몰한다. 한국인들은 식물도감이 아니라 백석의 시 「남신의주 유동 박시봉방」을 통해 '갈매나무'를 처음 만난다. 그는 갈매나무의 생태적 특성을 정확하게 파악하고 있었다. 백석은 식민지의 현실을 받아들이거나 거기에 동조하는 대신에 그 현실을 응시하면서 현재를 견디는 상징으로서 갈매나무를 설정했다. 그 갈매나무는 일제에 전면적인 저항을 하지 않으면서 친일의 길에 들어서지도 않았던 백석의 생애와 유사하다.

1935년 간행된 정지용의 첫 시집 『정지용 시집』시문학사에는 모두 89편의 시가 수록되어 있다. 여기에는 48종의 식물명이 등장한다. 정지용은 자극적이면서 도발적인 감각을 구사하면서 외래어를 시에 끌어들이는 데도 주저하지 않았다. 백석과 달리 그는 장미, 바나나, 다알리아달리아, 종려나무와 같은 외래식물에 뚜렷한 관심을 보인다. 정지용은 동백을 '춘나무'라고 쓰거나 '홍춘紅椿'이라고 표현하는데 이는 동백나무의 일본식 표기인 '쓰바키椿'를 사용한 것이다. 평안도 출신 백석이 통영에 가서 '동백'을 발견하고 그 표기를 그대로 쓴 것과는 뚜렷이 대조된다. 백석이 제대로 된 식물도감 하나 없던 시절에 매우 구체적인 식물명을 시에 끌어들였다는 사실은 그 자체로 하나의 경이라고 할 수 있다.

(2019)

아, 변산반도

전라북도 부안군 변산면 도청리 모항. 모항으로 가는 길은 비포장도로였다. 1980년대에 부안읍 터미널에서 버스를 갈 아타고 변산반도를 구불구불 몇구비 돌면 마음이 덜컹거리 는 것 같았다. 오른쪽으로 펼쳐진 서해는 언제나 발끝으로 변 산반도를 간질였다. 그러면 가만히 뻗어 있던 해안선이 뒤척 이는 소리가 들렸다. 바다가 내려다보이는 국도 30호선을 따 라 모항에 가는 일은 여행처럼 꽤 설레는 일이었다. 모항의 '모'는 띠풀을 뜻하는 '茅'를 쓴다. 봄에 삘기라고 부르는 띠 의 어린 새순을 빨아 먹으면 입안에 달콤한 맛이 감돌던 기억 이 있다. 옛적에는 바닷가 풀밭에서 자라는 띠를 엮어 지붕을 올렸다.

모항 해수욕장 솔숲 뒤쪽 박형진 시인의 집에서 하룻밤 잔적이 있었다. 나지막한 슬레이트집이었을 것이다. 그때는 마을에 그 흔한 횟집 하나 없었다. 우리는 무릎까지 바지를 걷어붙이고 집 바로 앞으로 펼쳐진 갯벌로 들어갔다. 갯벌에 난 구멍에다 소금을 뿌리면 대나무처럼 생긴 맛조개가 머리를 내밀었다. 어둑한 저녁에 숯불을 피워놓고 그 맛조개를 구워 먹었다. 소주 한잔에 간간하고 말캉한 바다를 한입 삼키면서 수평선이 어둠 속으로 자신을 지우는 것을 바라보았다.

잠결에 파도 소리가 귀밑까지 밀려와 찰랑대는 소리가 들렸다. 바다를 옆자리에 눕히고 바다와 함께 잠을 청했다. 아침에 일어나보니 바닷물이 사립문 안까지 밀려들어 왔다가 나간 흔적이 마당에 남아 있었다. 그 흔적은 거무스름한 물기를 머금고 있었다. 경이로운 일이었다. "바닷물이 넘쳐서 개울을 타고 올라와서 삼대 울타리 틈으로 새어 옥수수밭 속을 지나서 마당에 흥건히 고이는 날이 우리 외할머니네 집에는 있었습니다." 이렇게 시작하는 미당 서정주의 「해일」이 생각났다. 해일이 아니고 밀물이었지만 내 잠자리에서 불과 몇걸음 앞까지 바다가 들어왔던 것이었다. 그 둥그런 밀물의 발자국은 아직도 뇌리에 뚜렷하게 찍혀 있다.

2월 중하순부터 3월 초순 사이에 변산에는 변산바람꽃이

핀다. 이 꽃은 한라산에서 피어도 변산바람꽃이고 설악산에서 피어도 변산바람꽃이다. 개체수가 그리 많지 않아 멸종위기종으로 지정된 만큼 아무렇게나 얼굴을 내미는 꽃이 아니다. 나는 변산반도에서 변산바람꽃이 피는 곳 한군데를 안다. 몇해 전 생태사진가 허철희 선생을 따라가서 알게 된 곳이다. 부안군 진서면 운호리 계곡 어디쯤이라고만 해두자. 사람의 발소리는 언제나 변산바람꽃에게 해로울 뿐이다. 내 발소리를 듣고 겁먹은 그들이 자지러지게 울 것 같아서 변산바람꽃을 만나러 가는 날은 말소리도 크게 내지 않는다. 아쉽게도 올해는 그들과 대면하지 못했다. 그러므로 나에게는 아직 봄이 오지 않은 것이다.

몇년째 방학이면 노트북을 들고 찾아가던 '변산바람꽃'이라는 펜션이 있다. 공으로 방 하나를 얻어 열흘이고 보름이고 나를 격리시키던 곳. 서웅이라는 이 펜션의 주인은 치과의사인데 나하고 동갑이다. 이곳에서 숙박을 하고 싶다면 고기를 구울 생각을 하지 말아야 한다. 방에는 주방시설도 없고 텔레비전도 없다. 삼겹살 굽는 냄새를 기대하고 짐을 풀었다면 입을 삐죽 내밀 수도 있다. "집을 짓는 일은 제 꿈을 형상화하는 일이라고 생각해요. 저는 집의 쓰임에 대해서는 별로 생각을 해보지 않았어요." 주인은 집에 대한 자신만의 고집을 숨기지 않는다. 내가 짓고 싶어서 지은 거지, 손님을 염두에 두지 않았다는 것이다.

이런 한심한 고집쟁이를 보았나! 집과 나무에 대한 그의 애착은 아예 나무를 심어 가꾸면서 목재를 얻어볼까 궁리하는 데까지 이른다. 나는 그가 생전에 그 꿈을 실현하리라고 생각하지 않는다. 그는 현실주의자가 아니라 낭만주의자에 가깝기 때문이다. 하지만 무언가를 상상하고 그 상상을 이야기하고 그 상상하는 일 때문에 행복한 그가 부럽다. 올겨울은 그곳에도 가보지 못했다.

그것뿐이랴. 변산반도 가는 길에 반드시 들르는 부안시장 안 변산횟집에도 가보지 못하고 겨울을 보냈다. 그 식당에서 물메기탕을 세번쯤 먹어야 겨울이 간다고 큰소리치고 다녔는데 나는 허풍선이가 되고 말았다. 아흐, 바야흐로 때는 3월이니 주꾸미 살이 오를 때구나.

(2020)

182

팽나무에 대한 편애

경북 예천군 용궁면에는 천연기념물 제400호로 지정된 팽
나무가 한그루 있다. 들판 한가운데에서 오백년 넘게 자리를
지키고 있는 이 나무의 이름은 황목근이다. 봄에 누르스름한
꽃을 피우는 근본 있는 나무라는 뜻이다. 이 팽나무 앞에 서
면 그 기품에 압도되어 왠지 큰절을 드리고 싶어진다. 안타깝
게도 작년에 이 황목근은 꽃을 피우지 못했다. 나무에게도 큰
시름이 있거나 병마가 지나가고 있었을 것이다. 다행히 올봄
에 찾아갔을 때는 꽃을 피우고 있었다. 팽나무가 기운을 차린
것 같아서 그렇게 고마울 수 없었다. 팽나무 꽃을 알거나 본
사람은 그리 많지 않다. 지금은 동그랗고 단단한 열매들을 조
랑조랑 매달고 있다.

팽나무는 느티나무와 수형이 비슷하게 생겼다. 나는 그 생김새의 품격을 따진다면 팽나무가 한수 위라고 생각한다. 오래된 팽나무는 그 자태가 부러울 정도로 호쾌하다. 40년 동안 전주에서 살다가 작년에 귀향했을 때 전주의 선후배들이 팽나무 한그루를 선물로 보내주었다. 키가 10미터가 넘고 지름이 30센티미터쯤 되는 잘생긴 나무다. 요즈음 오후의 그늘이 제법이다. 나는 팽나무의 그늘 아래 산다.

팽나무는 우리나라 남부지방 해안이나 제주도에서 특히 잘 자란다. 제주도 여행을 가서 팽나무를 보지 못하는 사람을 나는 가련하게 여긴다. 바닷가와 시골 마을 곳곳에 저마다 다른 체형과 키로 자라는 팽나무는 제주의 살아 있는 역사라고 해도 될 것이다. 한림의 명월 개울가에 늘어선 우람한 팽나무들, 겨울에 북풍에 맞서느라 효수된 것처럼 윗부분이 비스듬하게 잘려나간 바닷가 팽나무들, 가지런한 돌담 사이에서 마을을 지키는 수백살 된 팽나무들……

제주에서는 팽나무를 '폭낭'이라고 부른다. 포구에서 자라는 나무라는 뜻. 가지의 폭이 넓어 그렇게 부른다는 설도 있다. 제주 폭낭은 수백년의 바람을 견디느라 육지의 팽나무보다 키가 크지 않은 편이다. 수피도 매끄럽지 않고 울퉁불퉁하다. 세월호 참사의 아픈 기억을 안고 있는 팽목항은 그 주변에 팽나무가 많아서 이름이 그렇게 붙었다고 한다.

강요배 화백의 그림에는 제주의 팽나무가 여러차례 등장한다. 눈 쌓인 한라산을 배경으로 한 「팽나무와 까마귀」1996를 보면 나무의 자리와 사람의 자리가 멀지 않다는 걸 느낀다. 겨울의 매서운 추위가 팽나무의 검은 육체를 감싸고 있어 화폭은 긴장감이 가득하다. 그는 팽나무에게서 제주의 역사와 시련을 읽어낸다. 그의 산문집 『풍경의 깊이』돌베개 2020를 펼치면 "폭낭은 모든 걸 알고 있다. 만 리에서 날아온 바람이 여기 와서 가만히 움직이지 않는다"는 문장이 보인다. 화가의 눈은 놀랍게도 팽나무와 바람을 동일하게 여긴다. 바람이 팽나무를 만들고 팽나무가 바람의 존재를 기억한다는 거다.

몇해 전 그의 작업실에 갔을 때 두런두런 이야기를 나누는데 그가 종이와 목탄을 가져왔다. 팽나무에 대한 나의 편애와 집착을 이해하고 동의한다고 했다. 막걸리를 마시는 중이었는데 마당의 팽나무 한그루가 종이에 옮겨지고 있었다. 즉석에서 스케치한 그 그림은 지금도 내 방의 벽에서 나를 내려다보고 있다. 정말 살아 있는 팽나무 같다.

내가 자주 드나들던 전북의 변산반도에도 눈여겨볼 만한 팽나무들이 많다. 팽나무는 군락을 이루기보다는 자수성가한 사람처럼 고독하게 성장한다. 길을 걷다가 팽나무를 만나거든 반드시 그 앞에 한번 서보라. 팽나무가 뿌리를 내리고 있는 곳은 조망점이 좋아 사방이 확 트인 곳이 대부분이다. 사람보다 먼저 좋은 터가 어디인가를 아는 나무가 팽나무다.

변산반도 모항의 방파제 입구에서 바다를 향해 서 있는 팽나무는 포구의 등대와 함께 카메라에 담을 수 있고, 곰소에서 영전 가는 길가에 서 있는 팽나무는 전봇대와 전선 때문에 사진을 찍기에 불편하지만 풍채가 아주 멋지고, 도청리 마을 입구의 팽나무는 그늘이 아주 넉넉해서 좋고, 고사포에서 해변도로를 따라 격포 방향으로 가다보면 길가 언덕에 연인처럼 다정하게 서 있는 두그루의 팽나무는 시샘이 날 정도로 다정하다. 이 팽나무 두그루에 어떤 이가 눈독을 들였는지 지금은 그 앞에 꽤 큰 숙박시설이 들어섰다. 이곳을 드나드는 사람들 중 이 두그루 나무가 팽나무라는 것을 아는 이는 그리 많지 않은 듯하다.

(2021)

책을 읽지 않는 어른

    1996년에 출간한 『연어』는 책을 잘 읽지 않는 청소년들에게 읽을거리를 만들어봐야겠다는 생각으로 쓴 책이다. 그 당시 나는 중고등학교 국어교사였다. 나는 시시때때로 아이들에게 말했다. 공부는 잘하지 못해도 책을 많이 읽는 사람이 되라고. 다행히 『연어』를 전국의 학교 선생님들이 먼저 읽고 아이들에게 필독도서로 소개해준 덕분에 100쇄를 넘기는 행운을 얻기도 했다.

    『연어』에는 '어른을 위한 동화'라는 시리즈 이름이 붙어 있다. 아이들이 읽는 이야기가 '동화'인데 굳이 '어른을 위한'이라는 수식어를 붙이게 된 건 생텍쥐페리의 『어린 왕자』가 있기 때문이다. 이 책의 서문에는 "이 책을 어떤 어른에게 바치게 된 것을 어린이들이 용서해주었으면 한다"는 말이 나온다. 생텍쥐페리가 『어린 왕자』를 집필하면서 이 책의 독자로 어린이와 어른 모두를 염두에 두었다는 뜻이다. 이런 집필 의도가 맞아떨어진 덕분인지 1943년 미국에서 처음 출간된 이 작품은 지금도 세계인들이 즐겨 읽는 책이 되었다. 생텍쥐페리는 어른에게 책을 바치는 이유로 "어른은 어린이들을 위한 책까지도 다 이해할 줄 안다는 것"을 들고 있다. 나는 이 말을 책을 읽지 않는 기성세대에 대한 맹렬한 야유로 이해한다. 어른들은 어린이들의 책을 이해할 줄 알지만 손에서 책을 놓고 먹고사는 일에 몰두하는 사람들이다. 그 어른은 "프랑스에 살고 있는데 그곳에서 춥고 배고픈 처지에 놓여 있다". 제2차 세계대전의 소용돌이가 세계를 휩쓸고 있을 때 작가는 그 '춥고 배고픈' 어른에게 연민과 위로를 보내기 위해 『어린 왕자』를 썼다는 것이다.

'춥고 배고픈' 어른의 시대는 가고 '따뜻하고 배부른' 어른의 시대가 왔다. 그럼에도 어른들은 책을 읽지 않는다. 문화체육관광부의 국민 독서실태 조사 결과를 보면 한국 성인들의 연간 평균 독서량은 7.5권으로 초중고 학생들의 평균 독서량 40.7권에 턱도 없이 모자란다. 우리나라 어른들은 정말 부끄러운 줄 알아야 한다. 책은 청소년기에 읽는 거라고 생각한다면 그건 착각이고 가족을 위해 생계에 집중할 뿐이라고 한다면 그건 변명에 불과하다. 책을 읽지 않는 어른들이 우글거리는 세상은 돈벌레들의 세상이라고 할 수 있다. 『어린 왕자』를 아직도 읽지 않은 어른이 있다면 나는 그를 위해 가까운 도서관이나 서점의 위치를 알려주고 싶다. '어린 왕자'와 '여우'가 "길들여진다는 것"에 대해 대화하는 장면을 옆에서 읽어주고 싶다. 그래야 사람과 사람 사이의 관계에 대해서, 거리에 대해서, 말의 오해에 대해서 이해하게 될 테니까.

어른이라고 해서 모든 지식과 정보를 이미 다 습득한 건 아니다. 그들은 대체로 주식과 부동산, 처세술 같은 물욕적인 것과 관련된 정보 취합에 주력한다. 그것들은 보통 사치와 과시의 형태로 외부에 표출된다. 물욕은 어른의 체중을 늘리는 데 도움이 될지 몰라도 완전한 인격체로서의 성숙을 방해하는 것들이다. 그러니 어른들은 아랫세대에게 질타당하지 않기 위해서라도 당장 도서구입비를 늘려야 한다.

최근에 박성우 시인이 쓴 어른을 위한 동화 『컵 이야기』오티움 2020를 읽었다. 어느 날 갑자기 강변 풀숲에 혼자 남겨진 머그컵 '커커'가 커피나 물 같은 것을 습관적으로 담아내던 존재에서 벗어나 이제껏 생각지도 못한 것들을 담아낸다는 이야기다. 어른들은 생명이 없는 컵 하나에 인격을 부여하는 이런 의인법이야말로 유치하고 공허한 수사라고 얕볼 수 있다. 하지만 부처의 전생 이야기 『자타카』나 『이솝 우화』, 그리고 근래의 '해리 포터' 시리즈가 모두 이런 우화적인 기법으로 만들어진 것임을 생각한다면 이를 어설프게 생각해서는 안 된다. 현실적으로 우리는 이 세상 만물과 대화를 하지 못하지만 우화에서는 불가능한 게 없다. 박성우 시인의 어른을 위한 동화는 "비운다는 것은 채울 준비를 마쳐두었다는 것"이라면서 자신의 안쪽을 비워두고 자기만의 빛깔과 매력이 뭔지 가만히 생각해보면서 '무기력하게 떠밀려가는 삶'이 아니라 '힘차게 밀고 가는 삶'을 살아가보자고 한다. 저마다의 자리에서 전전긍긍하는 어른들이 이 책을 읽고 기존의 고정관념을 조금이라도 허물어뜨렸으면 한다. 책이 응원하는 삶, 그거 멋지지 않은가.

(2020)

자두와 추리의 관계

　딸이 출산을 앞두고 아이의 이름을 무엇으로 지을까 고심하고 있는 모양이다. 하루에도 여러번 떠오르는 이름을 썼다가 지우고 다시 쓴다고 한다. 예부터 사람이나 사물, 혹은 사건에 이름을 부여하는 일은 신중한 의례와도 같았다. 인명에는 부모의 기대가 실리게 되고, 사건명에는 그 사건의 성격이 담기기 때문이다. 1894년에 일어난 역사적인 사건을 '동학란'에서 '동학운동'으로, 그러다가 '동학농민혁명'으로 부르게 되기까지는 100년이 넘는 시간이 걸렸다. 북한에서는 한발 더 나아가 '갑오농민전쟁'으로 부른다.

　나는 식물과 관련된 책들을 자주 보는 편이다. 책에서 만나는 풀잎과 나무의 이름은 시시때때로 내 상상력을 자극한다. 식물의 이름을 맨 처음 붙인 그 사람이 바로 둘도 없는 시인이라고 생각한다. 그것에 딱 들어맞는 언어, 그 명명의 순간이야말로 시적인 순간이었을 것이다. 식물의 이름을 하나씩 익혀가면서 나는 생태적인 상상력이 우리 삶에서 왜 중요한지를 덤으로 배우게 되었다. 작은 풀꽃의 이름 하나가 깊은 사유라고 부를 만한 우주 속으로 나를 이끌고 간 것이었다.

10대 문학소년 시절에는 '꽃말'의 매혹에 빠진 적도 있었다. 물망초의 꽃말이 '나를 잊지 말아요'라고 했던가. 물망초가 어떤 꽃인지도 모르면서 그 꽃말의 낭만적인 느낌을 오래 가슴에 담아두었던 기억이 난다. 요즈음은 꽃에 붙어다니는 그 꽃말을 별로 신뢰하지 않는다. 꽃에 상징적인 의미를 부여하여 꽃말을 생산하기 시작한 건 유럽 사람들이었다. 이 서양의 문화가 메이지시대 때 일본으로 흘러들어와 일본인들에 의해 재생산되면서 꽃말은 널리 확산되었다. 꽃말은 꽃에 새로운 의미를 더하기 위한 의도로 만들어졌지만 그것이 때로 유치한 말장난 같아서 오래 귀담아듣지는 않는다.

식물에 대한 대중의 관심이 급증하면서 식물명의 유래를 따져보는 사람들이 많아졌다. 때로 과도한 억측이 작용해 샛길로 빠지는 경우가 없는 건 아니다. 하지만 식물의 유래를 알고 나면 그 식물이 더 다정하게 다가올 때도 있다. 원로 식물학자 박상진 교수가 펴낸 『우리 나무 이름 사전』눌와 2019은 500여종 나무들의 이름과 유래를 소상히 밝혀놓은 책이다. "층층나무는 가지가 매년 돌려나기로 층층을 이루기 때문에, 뽕나무는 소화가 잘되는 열매 오디를 먹으면 '뽕뽕' 방귀가 잘 나왔기 때문에 그런 이름이 붙었다"는 해설은 얼마나 유쾌한가. 씨앗이 농기구 가래의 날과 닮아서 가래나무, 열매에서 고약한 냄새가 나서 제주에서 '똥낭'이라고 부르는 '똥나무'가 변해서 돈나무, '백일홍나무'가 '배기롱나무'를 거쳐 배롱나무, 가시가 엄하게 생긴 엄나무…… 끝도 없이 이어지는 인문학적인 해설은 때로 무릎을 치게 만들고 때로 웃음을 터뜨리게도 한다. 이 책은 나무 이름의 유래를 정리한 정본으로 손색이 없다.

이와 함께 북한에서 현재 쓰는 나무 이름을 소개하는 점도 흥미롭다. 북한의 나무 이름은 "순우리말의 의미를 살리는 노력이 돋보이며 외래어 순화, 비속어 안 쓰기, 한자의 한글화에 중점을 두고 있다"고 한다. '일본'이나 '중국'이라는 말은 완전히 제거했고, 비속어인 접두어 '개'나 '똥'이 들어간 나무 이름도 없다. 우리의 쥐똥나무를 검정알나무로, 며느리밑씻개를 가시덩굴여뀌로, 개옻나무를 털옻나무로, 미나리아재비를 바구지로 부른다. 우리가 부르는 작약을 북한에서는 함박

꽃으로, 우리가 함박꽃나무라고 부르는 것을 북한에서는 목란으로 부른다. 나중에 남북한 식물학자들이 만나면 옳고 그름을 따지느라 입씨름 꽤나 하겠다.

그리고 북한에서 자두나무를 추리나무로 부른다는 걸 보고 깜짝 놀랐다. 어릴 적에 외갓집에서 자두를 추리라고 부르던 게 생각났기 때문이다. 나는 추리,라는 말을 들으면 입안에 침이 고이기 시작한다. 북한과는 아무런 인연이 없는, 경상도 시골 마을인 외가에서 왜 그렇게 불렀을까? 자두와 추리의 관계를 밝히는 일, 그것이 최근 나의 숙제가 되었다. 언어가 어떻게 형성되었는지, 그 언어가 어떤 변화의 길을 걸어왔는지 되짚어보는 일은 시적인 탐구와 크게 다르지 않다.

(2019)

영양 수비면 자작나무 숲에서

경북 영양에서 영화 「닥터 지바고」의 한 장면을 보았다. 눈이 부셔 가슴이 제멋대로 뛰었다. 시베리아를 배경으로 펼쳐지는 이 영화 속의 자작나무가 거기 떼를 지어 서 있었다. 영양군 수비면 죽림리. 국내에서 자작나무를 볼 수 있는 대규모 숲은 딱 두군데다. 이곳과 강원도 인제군 원대리 자작나무 숲. 인제 쪽은 꽤 알려졌지만 영양 자작나무 숲은 아직 모르는 이들이 많다. 본격적인 개발이 시작되는 단계이기 때문이다. 그런 까닭에 더욱 신비로웠다.

자작나무는 추운 북쪽 지방에서 잘 자란다. 자작나무가 원활하게 자생하는지 그 여부를 따져 '북방'의 경계를 그을 수도 있을 것이다. 평양에서 삼지연 비행장에 내려 백두산으로 진입하면 아름드리 자작나무가 장중한 자태를 뽐낸다. 시베리아 횡단열차에서 바라본 끝없는 자작나무 숲도 잊을 수가 없다. 북유럽의 핀란드에서는 온천의 기둥도 처마도 벽도 의자도 온통 자작나무다. 온천욕을 할 때는 피를 잘 돌게 하기 위해 자작나무 가는 가지로 몸을 때린다.

이 북방의 나무를 남쪽에서는 아파트의 조경수로 몇그루씩 심기도 한다. 하지만 생육 조건이 맞지 않아 대체로 영 볼품이 없다. 우리 집 뒤뜰에도 욕심을 내어 몇그루 심었는데 요즈음 어렵게 두 손가락 같은 수꽃을 내미는 중이다. 자작자작, 몸속의 잎사귀를 꺼내 흔드는 날이 곧 올 것이다.

백석의 시 중에 「백화白樺」라는 시가 있다. 백화는 자작나무를 한자식으로 표기한 것이다. 중국과 일본에서는 모두 이 표기를 사용한다.

산골집은 대들보도 기둥도 문살도 자작나무다
밤이면 캥캥 여우가 우는 산도 자작나무다
그 맛있는 모밀국수를 삶는 장작도 자작나무다
그리고 감로같이 단샘이 솟는 박우물도 자작나무다
산 너머는 평안도 땅도 뵈인다는 이 산골은 온통 자작나무다 처음부터 끝까지 '자작나무'가 행마다 반복되고 있다. 그 자작나무는 주택 구조물, 야생의 생태가 보존된 곳, 음식을 익히는 연료, 생명의 원천인 물을 공급하는 우물의 구조에까지 확대된다. 이 시는 식물이 인간의 생활에 미치는 영향력이 얼마나 크고 다양한지 보여주는 동시에 백석이 시에서 한국어의 활용을 얼마나 중요하게 생각했는지를 짐작하게 한다.

문장의 서술어로 '자작나무다'를 다섯차례나 배치한 점을 유심히 볼 필요가 있다. 이 서술어는 시의 후반부로 갈수록 행이 길어지면서 점점 자작나무의 분포 범위가 확대되는 듯한 효과를 만들어낸다. 키가 훤칠하고 줄기가 하얀 자작나무들이 온통 숲을 이룬 광경을 시각적으로 보여주기 위해 이렇게 행을 배치한 것이다. 별다른 수사적 장치를 사용하지 않고 '자작나무'라는 음성의 반복으로 산골의 풍경을 또렷하게 재현하고 있으니 신기하다. 이 짧은 한편의 시를 20세기 한국시가 남긴 가장 아름답고 완성도 높은 시적 성취의 하나라고 해도 지나치지 않을 것이다.

영양 수비면 검마산 일대 자작나무 숲의 규모는 30헥타르에 이른다. 자작나무를 만나려면 차를 세워두고 3킬로미터 정도를 걸어가야 한다. 그 길이 숨 막히게 아름답다. 길은 가파르지 않고 길을 따라 내려오는 계곡은 훼손되지 않은 시원의 골짜기를 연상시킨다. 인간의 손이 건드리지 않은 그 계곡은 정말 나 혼자 숨겨두고 그리워하고 싶은 그림이다. 영양 자작나무를 보러 가는 그 길을 포장하거나 설치물을 세우지 않기를 바란다, 부디.

요즘 영양군에서는 이 지역을 관광자원화하기 위해 주차장 및 편의시설 공사를 앞두고 있는 모양이다. 외지 사람을 불러 모은다는 이유로 행정관청이 숲과 계곡을 망치는 일이 없었으면 한다. 덩치 큰 콘크리트 건물, 조잡한 포토존과 안내간판, 볼썽사나운 전봇대가 사람을 부르는 게 아니다. 개발을 하더라도 그 흔적을 최대한 줄이는 묘책을 지금 짜내야 한다. 울진 소광리 금강송 군락지는 하루 출입 인원을 제한하면서 사전예약 탐방제를 운영하고 있다. 이런 방식도 고려해봐야 한다. 관광자원은 사람의 발길이 들끓어야 성공하는 게 아니라 사람들이 그곳을 귀하게 여겨야 성공하는 것이다. 30년 동안 저 혼자 훌쩍 잘 자란 자작나무들을 서운하게 만들지 말자. 조금 불편하게 자작나무를 만나러 가야 자작나무의 허벅지가 더 눈부시게 보인다.

(2021)

초간정 가는 길

　우리 집에서 그리 멀지 않은 경북 예천 용문면 죽림리에 초
간정이라는 정자가 있다. 나는 멀리서 벗들이 올 때마다 금당
실이나 초간정으로 산책을 나선다. 초간정은 내가 아는 한 우
리나라에서 가장 아름답고 기품 있는 정자다. 이 정자는 모양
새가 아주 단출한데 그 주위에 수백년 된 소나무와 참나무가
근사한 원림을 형성하고 있다. 용문사 쪽에서 내려오는 계곡
물이 초간정을 감고 흐르는 풍경은 그야말로 입을 떡 벌어지
게 만든다. 처마 아래에는 원래 이름 초간정사草澗精舍 나무 편
액이 걸려 있다. 그걸 볼 때마다 그 고졸한 멋에 빠져든다.

　이곳은 한가하게 풍류를 즐기기 위해 지은 정자가 아니다.
초간정은 조선 선조 때의 문인 권문해의 별서別墅다. 권문해

가 관직을 그만두고 귀향해 풍광이 뛰어난 곳에 따로 지은 별채 공부방이었다. 그는 학봉 김성일, 서애 류성룡 등과 함께 퇴계 이황의 문하에서 공부를 했고 우리나라 최초의 백과사전『대동운부군옥』의 집필자다. 이 책은 모두 20권에 이르는 방대한 분량으로 임진왜란 이전 우리 역사와 문화, 그리고 사회사에 대한 총괄 보고서다.

초간정을 돌아보다가 문득 기록들을 모아 분류하고 저잣거리의 시시콜콜한 이야기들을 수집한 권문해의 노고를 생각해본다. 기록은 기록하는 사람이 있어야만 기록된다. 그의 손끝을 떠올리면 저절로 고개가 숙여진다.

권문해는 당시 우리 학자들이 학문을 대하는 태도가 사대주의적 경향을 띠는 데에 매우 비판적이었다. 그는 "선비들이 중국의 일을 이야기할 때는 역대의 흥망을 어제 일처럼 환하게 알고 있지만 우리나라의 일은 수천년 동안의 역사를 마치 태고의 일처럼 아득하게 여기고 있다. 이는 눈앞에 있는 것은 보지 않고 천리 밖에 있는 것을 보는 것과 같다"고 했다. 우리의 자주성에 바탕을 둔 저작『대동운부군옥』은 보물 제878호로 지정되어 있다.

이와 함께 권문해의 자필일기『초간일기』도 보물 제879호다. 이 책은 1580년부터 1591년까지 12년간 자신의 주변에서 일어난 일을 소상하게 기록한 일기다. 『초간일기』는 『대동운부군옥』 집필을 준비하기 위한 기초자료를 기록한 노트라고 할 수 있다. 1582년 2월 15일 일기에는 역병이 번지기 시작해 차례를 지내지 못해 죄송하다는 내용이 나온다. 나라 전체에 전염병이 번져 제사를 지내지 못하는 일은 유림으로서 식음을 전폐하는 일과 다름없었으리라.

1587년 10월 27일 일기에도 당시 유행하던 역병 이야기를 거론한다. 그 무렵 그는 『대동운부군옥』의 편찬을 마무리할 때였는데 아들이 역병에 걸려 세상을 뜨는 일이 벌어지고 만 것이다. 사회적 거리두기를 그도 일찍부터 경험했을까. 올겨울에 나는 밖으로 나돌아 다니지 않고 방에 틀어박혀 그 국역본을 읽어볼 생각이다.

초간정에서 예천 권씨 종택이 있는 마을까지 나 있는 농로를 나는 아직 걸어보지 못했다. 그 길을 지금보다 품위 있게 보수한다면 16세기 권문해가 걷던 길을 우리도 따라 걸을 수 있을 것이다. 초간종택은 경북 북부지방 종가의 형태를 가장 잘 보존하고 있는 가옥이다. 이곳에 있는 백승각에는 『초간일기』와 『대동운부군옥』 판목 수백점이 보관되어 있다.

봄날, 서고에 쌓여 있던 고서들을 꺼내 바람을 쐬어주고 햇볕에 말리고 먼지를 터는 일은 이 집안 대대로 장손이 맡았다. 이 일을 포쇄曝曬라고 한다. 500년 동안 이어진 이 좋은 습관이 이 집안의 전통이 되었다고 들었다.

　그 일을 도맡아 하던 13대 종손 권영기 어르신이 올해 2월에 별세했다. 선비 집안의 종손으로 예를 갖추어 손님을 맞이하고 국가의 보물들을 극진하게 다루던 분이다. 그분이 떠나시던 때는 나라에 역병이 창궐하기 시작하던 때라 신문 지상 어디에 한줄도 소개되지 않았다.

　얼마 전 찾아가본 초간종택은 여전히 상중喪中이었다. 사랑채 툇마루로 올라가는 입구는 짚으로 둘러싸여 있었고 벽에는 상복이 걸려 있었다. 장례 때 소임을 맡은 이들의 이름을 종이에 적어 대청 벽에 길게 붙여놓았다. 몇백년 전의 시간이 아직 거기 머무르고 있었다.

(2020)

광기와 윤리

    1982년, 서른살의 젊은 화가 황재형은 서울을 버리고 강원도 태백으로 거처를 옮겼다. 스물일곱살의 아내와 갓 태어난 아들이 그를 따랐다. 그는 광부가 되어 탄광촌을 그리고 싶었다. 막장, 더 나아갈 수도 물러설 수도 없는 이 위험한 공간에 투신하겠다는 생각은 실로 어처구니없는 기획이었다. 그는 태백에서 태백 이외의 세상을 스스로 봉쇄하고 광부로 일하며 작업에 몰두하기 시작했다. 이것은 삶과 예술의 주체자로서 자신을 세우기 시작했다는 뜻도 된다. 서울이 중앙이 아니라 태백이 그에게 중앙이었던 것.

    태백에서 이루어진 그의 작업이 중요한 건 남다르게 치열한 현장성도 있지만, 그만의 지속성과 몰두가 있었기 때문이다. 마음속의 허영과 사치를 철저하게 떼어내고 침묵과 철저한 고독 속에 자신을 가두는 것, 이것이 오늘날 황재형의 예술을 만든 방법적 고투였다. 태백에서 황재형은 그동안 주변부로 취급되던 탄광촌과 탄광촌 사람들을 향한 존경과 애정을 바탕으로 그들을 생의 주체로 부각시켰다. 그는 그들을 관찰과 관조의 대상으로 여기지 않았다. 막장은 생계를 위한 직장이면서 그가 지향하고자 했던 예술의 공부방이었다.

황재형의 작품이 갖는 의미는 가장 참혹한 현실을 가장 회화적인 기법으로 재현했다는 데 있다. 세상의 끝에 은폐되어 있던 풍경을 이른바 리얼리즘에 기초한 화면으로 길어올린 것이다. 황재형에 의해 지하의 풍경은 지상으로 올라왔고, 대중이 막연하게 알고 있던 '사실'은 끔찍하게 아름다운 '진실'이 되었다.

그의 그림을 지배하는 검은 어둠은 탄광촌과 그 주변부의 풍경과 맞물려 있다. 그 어둠 속에 등장하는 인물상들은 자신의 존재에 특별한 의미를 부여하지 못하고 사는 사람들이다. 이 이름 없는 사람들이 작가의 그림에 소환되는 순간 놀라운 역설이 발생한다. 아무도 부여하지 않았고 아무도 불러주지 않던 자신만의 이름을 획득하는 것이다. 가려지고 숨겨져 있던 존재를 드러내는 일을 '표현'이라고 하는데 그렇게 표현된 것이 본래 지니던 성질을 회복할 때 예술적 성취는 완성된다. 황재형의 예술은 40년 동안 그 과정을 줄기차게 쫓아왔다.

황재형이 광부로 일한 지 얼마 되지 않았을 때였다. 갱도에서 빠져나와 목욕하러 가는 길이었는데 어디선가 여자들이 깔깔대는 소리가 들려왔다. 동료에게 물었더니 퇴근하기 위해 몸을 씻는 선탄부 직원들이라 했다. 선탄부, 석탄이 컨베이어벨트에 실려 오면 쓸모없는 잡석과 나무토막 등의 불순물을 골라내는 일을 하는 부서. 그의 몸이 어느 틈에 널빤지를 잇대어 붙여 만든 가건물 샤워실 가까이 가 있었다. 판자 틈으로 목욕하는 여자들이 보였다. 바가지에 물을 떠서 부으면 검은 탄가루 섞인 물줄기가 목에서 가슴으로, 배로, 굴곡마다 흘러내렸다.

그는 숨이 멎을 것 같았다. 여성의 신체라서 신비한 게 아니었다. 그 어떤 욕망이 꿈틀대는 것도 아니었다. 대학에 다니면서 수없이 누드를 그렸지만 이렇게 자신을 정직하고 숭고하게 드러내는 몸을 본 적이 없었다. 그는 이 황홀한 그림을 놓치지 싫어 샤워실의 둥근 손잡이를 잡았다. 그때 불현듯 그의 몸이 얼음처럼 굳어졌다. 너 거기서 뭐 하고 있는 거냐! 그의 심연에서 천둥 같은 고함이 들렸다. 너 무엇을 대상화해서 그림을 그리려는 것이냐? 그 그림으로 뭔가 이득을 취하려고 손잡이를 돌릴 것이냐? 이런 짐승 같은 놈! 양심이 진동하는 소리였다.

이러지도 저러지도 못하고 있는 그의 눈에서 눈물이 쏟아졌다. 혈관이 뜨거워지고 땀구멍이 분화구처럼 뜨거운 김을 분출하는 것 같았다. 광기와 윤리가 그의 마음속에서 서로 충돌했다. 오도 가도 못하고 30분이 지나갔다. 누군가가 그를 부르지 않았다면 그 자리에 주저앉아 통곡했을지도 모른다. 만약에 문을 열었다면, 그 여자들이 목욕하는 장면을 카메라에 담고 그것을 그림으로 그렸다면, 정말 그랬다면 그는 더 진정한 것을 찾아 나서지 못했을 것이다.

황재형의 그림은 태백이라는 쇠락한 탄광촌의 폐허에서 발원해서 한국 현대회화의 한 정점에 도달했다. 조형예술이 이런 보편적이면서도 충격적인 감동의 에너지를 대중에게 선사한 예는 드물었다. 4월 30일부터 국립현대미술관 서울관에 가면 그의 그림을 만날 수 있다. 울컥거릴 준비를 하고 가야 한다.

(2021)

내성천을 때리지 말아주세요

작년 여름에 나는 가까운 내성천으로 세번 멱을 감으러 나갔다. 어릴 적에는 매일 헤엄을 치고 놀던 강이었다. 강의 초입부터 갈대와 달뿌리풀 줄기가 모래를 끈질기게 움켜쥐고 있었다. 그들은 위력을 과시하며 내가 강으로 접근하는 것을 방해했다. 이들을 헤치고 나서야 좁다란 모래밭과 여울을 겨우 만날 수 있었다.

그런데 올해 여름에는 강물에 한번도 몸을 적시지 못했다. 강변의 식물들이 스크럼을 짜고 내게 통행을 허락하지 않았던 것이다. 불과 1년 만에 나는 모래밭을 잠식한 풀과 나무들에게 차단당하는 신세가 됐다. 버드나무와 왕버들이 빠르게 성장해 숲을 이룬 강. 이런 상황이 계속된다면 나와 강 사이의 인연은 더이상 이어지기 힘들 것 같다. 얕고 긴 여울에 몸을 담그거나 가는 모래톱에 발바닥이 닿던 그 신비로운 경험은 기억의 무덤에 갇히게 될 것이다. 내성천은 이미 천천히 흐르기를 포기한 듯하다. 깊고 빠른 유속의 물길이 강을 지배하기 시작했다.

이 모든 것의 원인은 영주댐 때문이다. 2016년 준공된 영주댐은 낙동강의 수질 개선을 위한 물 공급을 명분으로 세워졌다. 좋은 물을 공급하기 위해 댐을 세운다는 설명은 어린아이도 코웃음 칠 말이다. 내성천은 낙동강 수계에서 가장 많은 모래와 맑은 물을 공급하는 하천이다. 낙동강의 어머니, 모천이라고 할 만하다. 영주댐이 물을 가두고 나서 녹조가 대량으로 번졌고 그때부터 내성천 모래톱은 급속하게 육지의 모습으로 변하기 시작했다. 벌써 내성천 가운데 쌓인 퇴적물은 어른 키로 한 길을 훨씬 넘는다.

어릴 적 귀에 와닿던 어른들의 대화에는 항상 내성천 모래가 있었다. 어떤 군수가 어떤 업자와 결탁해 내성천 모래를 엄청나게 팔아먹었다는 이야기 말이다. 산업화가 시작되던 1970년대부터 강모래를 채취해 돈으로 바꾸는 데 능한 자들이 있었던 거다. 해변이나 사막의 모래는 시멘트와 섞어도 콘크리트를 만들지 못한다고 한다. 염분이 없고 각이 진 입자로

된 강모래가 콘크리트 원료로는 최고라는 것.

그 귀하다는 모래를 만들기 위해 강은 얼마나 오래 뒤척였던 것일까. 강에 모래톱이 발달하려면 강물이 흐르는 속도가 적절해야 한다. 무엇보다 얕고 긴 여울이 필수적이다. 가장 넓은 내성천의 폭은 700미터에 이른다. 이만한 규모의 강에 은모래가 반짝이는 풍경을 상상해보라. 우리 국토 어디에도 이런 모래로 된 강이 없다. 하천생태학자들은 내성천 모래톱이 세계적 자연유산으로 손색이 없다는 의견을 내놓기도 했다.

이 내성천 여울에 사는 흰수마자라는 물고기가 자취를 감췄다. 영주댐이 시험 담수를 2년에 걸쳐 하는 동안 생긴 불상사다. 세계에서 유일한 한국 특산종 흰수마자가 절멸의 위기를 맞고 있는 것이다. 영주댐에 물을 가두는 일이 토종 물고기의 생존보다 중요한 일일까? 생태사진가 박용훈 씨의 말에 의하면 가을에 내성천을 찾는 귀한 손님인 먹황새는 영주댐 건설 이후 최근 수년간 확인되지 않고 있다고 한다. 또한 멸종위기종 흰목물떼새 둥지가 가장 많이 확인된 댐 상류의 모래톱은 시험 담수 이후 완전히 사라졌다는 것이다.

해결책이 없는 건 아니다. 영주댐 해체나 철거가 어렵다면 댐에 가두어놓은 물을 빼내면 된다. 고심해서 결정할 사안도 아니다. 환경부는 2020년 9월까지 시험 담수를 한 이후에 물을 전량 방류하겠다고 약속했지만 그 약속을 지키지 않았다. 한국수자원공사는 2018년 초 녹조 문제로 영주댐 물을 모두 방류한 적이 있고, 2019년 9월 발전 설비 점검을 내세워 물을 가두면서 점검이 끝나는 대로 다시 방류하겠다고 했다. 우리는 그 약속을 믿었으나 정부에 속았다.

환경부가 영주댐 시설을 그대로 유지하면서 내성천의 자연성 회복 운운하는 것은 또 하나의 속임수다. 그것은 폭력배가 주먹을 휘두르면서 "제발 아프지 마라. 내가 빨리 병원 데려갈게"라고 말하는 것과 다름없다. 나는 내성천의 치료비를 요구하는 것이 아니다. 댐이라는 괴물을 이용해 내성천을 때리지 말아달라는 거다. 그대로 놔두라는 거다. 내성천을 죽이고 낙동강을 살릴 수는 없다. 우선 내성천의 숨통부터 틔워야 한다.

(2021)

숲과 나무들의 장례

서리가 내리면 서리 맞고 주저앉는 식물과 꿋꿋이 살아남는 식물이 확연하게 구별된다. 텃밭의 콩잎, 고추, 가지, 호박과 같은 한해살이 작물은 거무스름하게 변하면서 그 형체가 뭉개진다. 그 기세 좋던 칡잎도 마찬가지다. 서리가 내려야 국화의 절개를 안다고 했던가. 서리에 맞서는 최강자는 산비탈에 흐드러진 노란 산국이다. 상강이 지나도 끄떡없다. 서리 내린 후에 제대로 물드는 단풍과 함께 늦가을은 산국의 시간이다. 손톱만 한 꽃들을 자잘하게 달고 산국은 한 해의 맨 끄트머리에서 눈이 오기를 기다린다.

이맘때면 신발 끈을 단단히 묶으며 긴장하는 사람들이 있다. 숲을 관리하는 산림청 직원들이다. 남부지방산림청의 안내로 올봄에 산불이 난 지역을 답사한 적이 있다. 경북 안동시 임동면 망천리 야산이었다. 임하호의 수면이 흰하게 내려다보이는 산은 불길이 지나간 뒤 검은 나무들의 장례가 치러지고 있었다. 숯검댕이 몸으로 소나무들이 숲의 상여를 메고서 있었다. 진혼곡 소리도 들리지 않았다. 함께 간 문인들이 아, 하고 탄식하는 소리가 간간이 들릴 뿐이었다.

> 숲을 멀리서 바라보고 있을 때는 몰랐다
>
> 나무와 나무가 모여
>
> 어깨와 어깨를 대고
>
> 숲을 이루는 줄 알았다
>
> 나무와 나무 사이
>
> 넓거나 좁은 간격이 있다는 걸
>
> 생각하지 못했다
>
> 벌어질 대로 최대한 벌어진,
>
> 한데 붙으면 도저히 안 되는,
>
> 기어이 떨어져 서 있어야 하는,
>
> 나무와 나무 사이
>
> 그 간격과 간격이 모여
>
> 울울창창(鬱鬱蒼蒼) 숲을 이룬다는 것을

산불이 휩쓸고 지나간

숲에 들어가보고서야 알았다

내가 쓴 「간격」(『너에게 가려고 강을 만들었다』, 창비 2004)이라는 시다. 여기에서 간격은 개별적인 존재 사이의 거리를 말한다. 그 거리를 우리는 공간이라고 말하지만 그 공간조차도 나무라는 주체를 이어주는 역할을 한다. 간격이 숲이 되려면 나무가 살아 있어야 한다. 산불이 지나간 자리의 죽은 나무는 숲이 될 수가 없다. 목木 자도 임林 자도 삼森 자도 붙일 수 없다. 말 그대로 폐허다.

내가 어릴 적에 우리나라 산은 대부분 민둥산이었다. 숲의 나무들을 겨우내 땔감으로 써야 했기 때문에 나무가 자랄 수 없었다. 아버지는 나무를 한짐 지고 읍내에 팔러 간 적이 있다는 말씀을 가끔 하셨다. 나뭇짐을 지고 강을 건넜다는 호랑이 담배 먹던 시절의 이야기였다. 1970년대부터 정부에서는 대대적으로 녹화사업을 시작했고 그 무렵 아버지는 봄이면 산으로 자주 불려갔다. 사방공사를 간다고 했다. 아마 그때 아버지는 속성수인 리기다소나무나 아까시나무, 오리나무 같은 수종을 심었을 것이다.

임동면 산불 현장에도 불탄 리기다소나무가 있었다. 옆구리에 삐죽 솔잎을 내민 채 살아보려고 안간힘을 쓰고 있었다. 그 솔잎이 마지막 비명 같아서 안쓰러웠다. 검은 나무들은 호수를 바라보던 눈망울을 잃어버렸고 허공의 바람을 들이켜던 코를 잃어버렸다. 나뭇가지에 눈이 얹혀도 그 무게를 알지 못하게 될 것이다.

산불이 나면 2016년부터 조직된 산림청 '산불재해특수진화대원'이 불길을 잡는 최전선에 배치된다. 119소방대와 공무원들은 민가의 피해를 최소화하는 일을 맡고, 이들이 험준한 지형에서 전투원처럼 활약한다. 산불 진화 작업은 목숨을 건 전쟁에 다름 아니다.

산불의 기선을 제압하는 진화용 헬기의 역할도 갈수록 커지고 있다. 작년 봄 안동 풍산읍 마애마을 앞을 지나가다가 낙동강 강물을 퍼 올리는 헬기를 직접 눈으로 본 적이 있다. 강 건너에서 며칠째 계속되던 산불의 잔불을 정리하는 중이라 했다. 우연히 불구경을 하게 된 나에게는 스릴 넘치는 광경이었지만 주변의 매캐한 냄새는 숲의 죽음을 알리는 부고였다.

겨울이 오면 산불을 조심하자고 방송하는 차량이 자주 마을을 지나갈 것이다. 내년 5월 중순까지는 나라 전체가 긴장을 해야 하는 때다. 대형 산불은 자주 발생하는데 그 발화자를 찾는 확률은 아주 낮다고 한다. 사람은 뻔뻔한데 산불이 난 지역에서 사람보다 먼저 숲을 일구는 식물들이 있다. 흙속에 잠자던 씨앗들이 꽃을 피운 것이다. 보랏빛 잔대꽃, 연보랏빛 갯쑥부쟁이, 흰 구절초, 참취, 용담…… 수백억원의 복구 비용을 쏟아부어도 숲이 제 모습을 찾으려면 백년이 걸린다며.

(2021)

3부

그래도 살아갑니다

평양은 멀지 않다

평양은 역시 멀지 않았다. 문재인 대통령 부부와 수행원, 그리고 기자단을 태운 공군 1호기는 'ㄷ'자의 서해 직항로 경로를 좌석 앞 모니터에 정확하게 펼쳐 보였다. 이른 새벽 해 뜨기 전에 잠을 자지 못하고 나선 길이었지만, 잠이 오지 않았다. 나는 비행기의 머리가 항로를 따라 시시각각 순조롭게 순항하는 것을 지켜보았다. 서울공항에서 평양국제비행장에 도착하는 데 한시간이 채 걸리지 않았다. 2008년 봄 평양 근교 역포 구역에 어린이 사과농장을 만들기 위해 다녀온 뒤로 10년 만의 방북이었다.

순안비행장이라 불리던 평양비행장 청사는 현대식 건물로 면모를 완전히 바꿨고, 의장대와 환영 나온 평양 시민들의 함성이 귓속으로 쏟아져 들어왔다. 평양 시내로 들어가는 길가에 환영 나온 평양 시민들이 어마어마한 사람의 파도를 이루고 있었다. 그들은 가도가도 끝없이 늘어서서 손을 흔들었다. 10만명이 넘을 거라고 했다. 남녀가 따로 없었고 노소가 따로 없었다. 우리 일행을 태운 버스는 천천히 움직였고 우리는 시민들의 진심 어린 표정 하나하나를 가까이에서 읽을 수 있었다. 버스 바깥도 안에도 만남의 감격으로 출렁거렸다. 선두에서 남북 정상은 정상끼리, 행렬 뒤쪽에서 같은 동포인 우리는 우리끼리 만나고 있었다.

"이상하네요. 왜 이렇게 눈물이 나려고 하죠?"

차범근 전 국가대표팀 감독의 눈자위는 벌겋게 달아올라 있었다.

"눈물이 나야 정상이지요. 울고 싶을 때는 실컷 울어버려요. 아무 걱정 말고 울어버려요."

이렇게 말하면서 유홍준 교수도 눈가를 훔쳤다.

서로 대화 한번 나눈 적 없는 남과 북의 시민들이 선팅 처리된 버스 유리창을 사이에 두고 함께 우는 것으로 만남은 시작되었다. 우리는 울어볼 일이 없는 세상에서 너무 오래 살았다. 밥을 버느라, 통장의 잔고를 늘리느라, 오로지 내 자식 뒷바라지하느라, 비즈니스를 위한 일에 매달리느라 울어볼 날이 없었다. 누군가가 눈물 타령한다고, 또 감상적이라고 이죽거린다고 해도 평양에서는 울어도 좋겠다는 생각이 들었다.

공식수행원들의 숙소는 백화원초대소, 특별수행원들의 숙소는 고려호텔이었다. 오랜만에 들어선 고려호텔은 별다른 장식 없이 조용히 낡아가고 있었다. 1인 1실로 배정된 방에는 사과, 배, 귤, 바나나로 구성된 과일 한 접시와 과자, 사탕, 껌이 담긴 접시 하나가 '당신을 열렬히 환영합니다'라는 팻말과 함께 탁자에 놓여 있었다. 아직 담배를 끊지 못한 내게 재떨이는 또 하나의 반가운 선물이었고. 호텔 창밖으로 평양화력발전소 굴뚝에서 희뿌연 연기가 솟아올라 평양 시내 상공을 뒤덮고 있었다. 호텔에서 가까운 평양역 구내로 화물차와 전철이 쉼 없이 오가는 게 보였다.

평양을 방문했을 때 음식 이야기를 빼놓을 수 없다. 호텔 2층 뷔페식당의 메뉴 중 하나로 나온 돌목어식해는 처음 먹어보는 북쪽 음식이었다. 널리 알려진 가자미식해와 모양과 빛깔은 비슷했는데 식감이 완전히 달랐다. 돌목어는 도루묵이 아닐까 조심스레 추측해봤다. 북쪽 접대원에게 물어도 그는 도루묵을 모르고 나는 돌목어를 모르니 말이 통하지 않았다. 입에 넣고 씹으면 비리지 않은 쫄깃한 생선회를 씹는 느낌이 났다. 발효 과정에서 생기는 퀴퀴하고 들척지근한 맛도 없었다. 부드럽고 몰캉한 생선 식해에다 흰 밥을 먹으면서 나는 1930년대 후반의 시인 백석을 떠올렸다.

우리의 첫번째 임무는 옥류아동병원을 방문하는 일이었다. 유홍준 교수, 김형석 작곡가와 같은 문화예술계 인사, 차범근 전 감독, 현정화 탁구감독, 이기흥 대한체육회장, 박종아 평창 아이스하키 남북 단일팀 주장 등 체육계 인사, 에일리, 알리, 지코 같은 가수들, 마술사 최현우는 소형버스 14호차를 함께 타고 다녔다. 14호차 일행이 옥류아동병원에 도착한 직후 북쪽의 리설주 여사가 승용차에서 내렸다. 리설주 여사는 병원 관계자들과 30분 가까이 병원 입구에서 김정숙 여사를 기다렸다. 그녀는 한번도 의자에 앉지 않았다. 정장 차림에다 하이힐을 신고 부동자세에 가까운 모습으로 손님을 맞이할 준비를 하고 있었다.

남북 정상회담 일정 내내 김정은 국무위원장 부부가 문재인 대통령 부부를 깍듯하게 모시듯 환대하는 모습이 자주 눈에 띄었다. 한 국가의 지도자이기 전에 젊은 부부가 웃어른을 모시는 우리의 전통 예절을 잊지 않으려는 자세가 분명했다. 아동병원에 도착한 김정숙 여사는 리설주 여사에게 특별수행원들을 일일이 소개했다. 가까이에서 악수하면서 잡은 리설주 여사의 손은 연약하고 따뜻했다.

이어서 김원균명칭 음악종합대학을 방문했다. 김원균은 북한의 국가와 「김일성장군의 노래」 등을 작곡한 사람으로 북한 정권 초기 음악으로 앞장서서 '혁명과업'을 수행했다.

저녁에 평양대극장에서 '2018 평양 수뇌회담 환영공연'이 열렸다. 평양 시민들은 김정은 위원장이 입장할 때 일제히 일어나 박수와 함께 "만세" "만세"를 입 모아 외쳤다. 김 위원장이 손짓으로 제재를 해도 그 웅장한 소리는 끝이 없었다. 최고지도자를 향한 그 존경심의 표현은 머리끝이 곤두설 정도로 극적이었다.

공연은 우리도 잘 아는 「반갑습니다」를 시작으로 북쪽 노래와 남쪽의 노래를 섞어 진행되었다. 남쪽 가요 중에는 「남자는 배 여자는 항구」「아침 이슬」「흑산도 아가씨」「그대 없이는 못 살아」와 같은 노래들이 있었다. 모두 북한식 편곡과 연주로 우리와는 사뭇 다른 느낌을 던져주었다. 남쪽의 대중가요를 선곡한 것도 모두 남쪽 손님들에게 예를 갖추기 위한 거라고 안내원은 설명했다. 그렇지만 나는 귀에 익숙한 노래를 들으면서도 왠지 불편했다. 낯간지러운 가사와 트로트풍의 가요를 내가 모두 좋아하지는 않기 때문이다. 그것은 외국에 나가 북한 식당을 들렀을 때 점점 남쪽 사람들의 입맛대로 음식들이 변화하는 것을 볼 때 느끼는 불편함과 유사한 것이다. 환영공연에 등장한 인민배우들이 입은 한복 디자인도 현재 남쪽의 한복 디자인과 거의 비슷하게 변화된 모습이었다. 북한이 원래의 것을 놓치고 남쪽을 흉내 내는 일로 남쪽을 배려한다고 생각한다면 오산이라고 생각한다. 앞으로 진행될 모든 남북관계에서 북한은 원래의 북한을 유지해야만 화해와 협력도 대등한 관계 속에서 진전될 것이 아닌가.

공연의 절정 부분에 한돌이 작사하고 작곡한 「홀로 아리랑」이 배치되었다. 나도 모르게 눈물이 주르륵 쏟아졌다. 평화와 번영을 향해 가는 길이 순조롭고 반듯하지만은 않을 것이다. 힘들고 어려운 일들이 남북을 가로막기도 하고 우리의 운행을 방해하기도 할 것이다. 하지만 아리랑 고개를 넘어가듯이 난관을 헤쳐나가야 한다. 1980년대 후반에 남쪽에서 만들어진 이 노래가 2018년 평양에서 울려 퍼진다는 것은 새로운 역사가 만들어지고 있다는 뜻이다.

평양은 확실히 변화하고 있었다. 시내를 걸어가는 시민들의 발걸음은 밝고 자신감이 넘쳤고, 여성들의 옷차림도 전보다 훨씬 다양한 디자인을 보여주었다. 어떤 젊은 여성은 굽이 높은 구두를 신고 휴대전화를 계속 들여다보며 걸어가기도 했다.

'문재인 대한민국 대통령 내외분의 평양 방문을 환영하여 조선민주주의 인민공화국 국무위원회 위원장이신 김정은 동지와 부인 리설주 녀사께서 주최하는 연회'가 목란관에서 열렸다. 이 연회의 차림표를 여기 북한 표기대로 적는 것으로 나는 평양 방문을 한 것에 대해 우쭐거려보려고 한다.

백설기, 약밥, 칠면조말이랭찜, 해산물 물회, 과일남새생채, 상어날개야자탕, 백화대구찜, 자신소심옥구이, 송이버섯 편구이와 볶음, 흰 쌀밥, 송어국, 도라지장아찌, 오이숙장과, 수정과, 유자고, 강령록차.

이에 화답하듯 대통령 부인 김정숙 여사는 첫날 환영만찬에서 「동무생각」을 불러 왕년의 솜씨를 뽐냈다. 내 옆자리에 앉은 당중앙위 조용원 부부장은 낮고 부드러운 음성으로 금지의 언어가 아니라 소통의 언어로 말하자고 했다.

우리 14호차의 안내를 맡은 여성 두 사람은 조국평화통일위원회에서 일하는 젊은 엄마들이었다. 탁아소에 아기들을 맡기고 나온 이들은 찡그린 얼굴을 한번도 보이지 않았다. 조선어문학과를 졸업한 한 사람은 소월과 육사의 시를 이야기했다. 나는 이들이 사용하는 휴대전화를 한번 들여다봤다. 뒷면에 '평양'이라고 적힌 이 휴대전화에는 체계관리, 조선대백과사전을 비롯해 류경바둑, 별찌까기와 같은 게임 앱이 있었다. 10여년 전부터 북한에서 휴대전화가 대중화되기 시작했고, 지금은 사용자가 500만명을 넘어섰다는 이야기를 들었다.

평양에서 가장 현대화한 지역은 미래과학거리 구역이었다. 여기에는 전에 없던 현대식 고층빌딩과 아파트들이 늘어서 있었다. 이곳에는 과학자, 연구자, 교육자들이 주로 거주한다고 했다. 이 거리의 가로수들은 대부분 메타세쿼이아였다. 북에서는 이걸 수삼나무라고 부른다. 이밖에 평양의 가로수로 심긴 나무들은 살구나무와 버드나무가 있다. 봄이 되어도 거리에 벚나무들이 벚꽃을 휘날리는 일이 없다.

9월 19일 이튿날 일정은 만경대학생소년궁전을 방문하는 것으로 시작되었다. 점심때 옥류관에서 열린 오찬장에 도착하자 남북공동선언 합의문이 만들어졌다는 반가운 소식이 들렸다. 문재인 대통령과 김정은 국무위원장도 큰 숙제를 끝낸 듯 표정이 밝아 보였다. 이번 평양 회담의 가장 중요한 성과로 기록될 공동선언은 남쪽에 생중계되었다. 평양을 방문한 수행단보다 남쪽의 국민들이 더 빨리, 더 생생하게 뉴스를 접했을 것이다.

평양 방문은 휴대전화로부터 해방된 여행이었다. 혹시나 진동이 울리나 싶어 무의식적으로 양복 안주머니에 자주 손이 간다는 분도 있었다. 옥류관 오찬으로 나온 음식은 평양

냉면뿐만이 아니었다. 잉어달래 초장무침, 자라탕, 송이버섯 볶음 등이 맛있었고, 나는 냉면을 한그릇 먹고 나서 반그릇을 더 먹었다. 모두 300그램이었다.

평양교원대학은 우리의 교육대학과 사범대학을 합친 교육기관이다. "어린이에게 한 컵의 물을 주기 위해 한 동이의 물을 들이켜는 심정으로 가르칠 준비를 하는 사람들"이라는 표현이 인상적이었다. 평양 방문 때 각 장르의 미술가들이 창작하고 그 창작물을 전시, 판매하는 만수대창작사를 들르는 일은 가장 큰 즐거움 중 하나다. 나는 「감자꽃 필 때」라는 제목의 유색판화 한점을 구입했다. 큰 가격은 아니었지만 그림값을 깎는 '가격투쟁'에는 실패했다. 집에 그 판화를 가져와 펼쳐놓고 다시 보아도 내 선택이 현명했던 건 분명하다.

대동강의 능라도에 있는 5·1경기장은 15만명의 평양 시민들로 가득 차 있었다. 처음 보는 집단체조와 예술공연이 시작되기도 전에 가슴이 자꾸 두근거렸다. 카드섹션에 참여하는 경기장 반대편 '배경대'는 1만 7490명의 중학생들로 구성되었다고 했다. 남과 북의 양 정상이 경기장에 막 도착했을 때 15만명이 하나의 목소리로 환호하는 소리를 상상해보라. 지축을 울린다는 그 상투적인 표현이 여기에 딱 들어맞는 수사일 것이다.

대규모 평양 시민들 앞에서 문재인 대통령이 연설에 나섰다. 거의 한 문장이 끝날 때마다 열광적인 박수와 환호가 이어졌다. 집단체조 '아리랑'의 일부와 남북 정상회담을 축하하는 특별공연이 수만명의 청년학생과 예술가들에 의해 펼쳐졌다. 공연은 북한식 집단주의가 역사적 경험과 만나면서 어떠한 예술적 영향력을 생산하는지 웅장하게 보여주었다. 다들 하나같이 말했다.

"남쪽에서는 죽었다 깨어나도 할 수 없는 공연이지. 아이들을 저렇게 동원해서 연습시키면 가만히 있을 엄마가 한 사람도 없을걸."

씁쓸했지만 그게 또 우리의 현실이었다. 1970년대 중반 전국체육대회를 앞두고 중학생이었던 나도 매스게임에 참여해본 적이 있다. 어린 우리는 뙤약볕 아래에서 살을 태워가며 연습을 해야 했다. 개인은 없고 집단만 존재하던 시절이었다. 북쪽 안내원이 말했다.

"여기 참여하는 어린이들의 엄마는 아주 영광스럽게 생각한답니다."

평양 방문단이 백두산에 간다는 소식이 들린 것은 19일 저녁 9시경이었다. 20일 새벽 4시에 출발한다는 갑작스러운 통보가 전해졌다. 평양 방문 내내 우리는 그다음 일정을 알지 못해 궁금해했다. 일정이 정해진다고 해도 남과 북의 안내원 말이 다를 때가 있었다. 대규모 행사를 진행하다보니 실무적으로 삐걱거리는 일도 있었던 것 같다. 백두산을 간다는 말에 특별수행원들은 들뜨기 시작했다. 방한복을 실은 공군 2호기가 평양국제비행장으로 온다는 말도 들렸다. 공군 1호기 조종사는 삼지연 비행장 활주로 상태를 점검하기 위해 미리 떠났다고도 했다. 백두산은 밤이면 기온이 영하로 내려간다는 말도 들렸다. 어쨌든 젊은 가수들은 하나같이 말했다.

"대박."

9월 20일 새벽 1시까지 큰 짐들을 호텔 로비에 내려놓으라는 전갈이 왔다. 1시쯤 잠이 든 나는 4시에 모닝콜을 받았다. 평양 거리는 불을 켠 곳이 별로 없었다. 5시 30분 비행장으로 가는 길은 어두웠다. 비도 추적추적 내렸다. 그때 버스 창문으로 우리를 환송하러 나온 평양 시민들이 보였다. 불빛 하나 없는 거리에서 그들은 연도에 줄지어 서 있었다. 평양에 도착했을 때보다 숫자는 적었지만 환송 열기는 그에 못지않아 보였다. '뭉클하다'라는 말은 이럴 때 쓰라고 만든 말일 것이다.

비행장에서는 남쪽에서 급히 공수해 온 방한복이 두벌씩 지급되었다. 기자도 그룹 총수도 노동자도 학생도 성직자도 교수도 공무원도 국회의원도 모두 하나같이 점퍼로 중무장을 마쳤다. 백두산으로 가는 비행기까지 따로 수속과정이 있는 것도 아니었고 좌석표도 없었다. 우리에게 배정된 고려항공 비행기에 탑승해서 빈자리에 앉으면 그만이었다. 마치 수학여행을 가듯이 말이다.

7시 40분, 평양에서 한시간을 날아 삼지연 비행장에 도착했다. 2005년 남북작가대회 때 삼지연에 가본 이후 13년 만이었다. 해발 1300미터의 고원지대에 위치한 삼지연의 공기는 서늘한 가을의 공기였다. 우리는 한두달 앞당겨 가을 속으로 들어갔던 것이다. 나는 맑고 시원한 공기를 마음껏 들이마셨다. 어디 보자기에도 싸갈 수 없는 바람이 얼굴을 어루만졌다. 할 수만 있다면 삼지연의 공기를 팔아 돈을 벌어도 좋겠다는 생각마저 들었다.

삼지연 비행장과 그 주변은 말끔하게 단장이 되어 있었다. 새로운 터미널이 신축되었고, 활주로는 깨끗했다. 백두산으로 가는 포장도로도 손색이 없었다. 이깔나무_{낙엽송}, 가문비나무, 자작나무들이 늘어선 길을 운전하는 운전기사가 말했다.

"남쪽에서 오신 나이 드신 손님을 위해 속도를 80킬로미터 이하로 줄이라는 지시를 받았습니다."

삼지연에서 백두산까지의 길은 32킬로미터다. 모든 길 양쪽 갓길에 이끼가 깔려 있어 남과 북의 양 정상을 맞이하려는 노력이 어떠했는지 짐작이 갔다. 백두산 천지가 내려다보이는 난간 테두리도 대리석으로 새로 단장했고 천지로 내려가는 삭도케이블카도 운행을 멈추지 않았다. 장군봉 정상까지 SUV 차량으로 올라간 수행원도 있었고, 두 정상과 함께 천지로 내려가는 삭도를 타는 사람도 있었다. 나는 삭도를 타고 생전 처음 천지 물을 손에 적시는 행운을 누렸다.

백두산과 천지는 구름 한점 없는 날씨로 우리를 환대해주었다. 1920년대에 육당 최남선이 쓴 『백두산 근참기』를 나도 쓰고 싶었다. 하지만 그것보다 우선 내가 할 수 있는 일은 꽃은 졌지만 잎은 푸르게 남은 만병초 잎사귀 하나를 따서 수첩에 끼워 넣는 일이었다. 두메양귀비는 보이지 않았지만 구절초로 짐작되는 식물의 씨앗을 봉투에 넣는 일도 빼놓을 수 없는 나만의 즐거움이었다. 백두산과 천지 주변을 마음껏 걸으며 둘러보고 노랗게 물든 자작나무 잎사귀 하나를 오래 들여다보는 것, 그것으로 나의 '백두산 근참기'는 완결편을 갖게 되었다.

평양도 백두산도 이제 먼 길이 아니다.

(2018)

배차적과 배추적과 배추전

스무살 이후 나는 전북 지역에서 40년을 살았다. 거주 장소가 달라지면 입에 들어가는 음식도 달라진다. 서해를 낀 이 지역에서 나는 이른 봄에는 주꾸미 숙회를, 여름에는 농어회를 기다렸다. 가을이 오면 전어 굽는 냄새를 편애했고 한겨울에는 물메기탕 끓이는 집을 기웃거렸다. 음식은 그 지역의 사투리와 어깨를 맞대고 산다. 전북에서는 동치미 대신에 싱건지라고 해야 마음이 울렁거린다. 맛있는 음식 앞에서는 유별나게 호들갑을 떨지 않는다. 그거이 솔찬히 맛나네, 하면 그만이다.

예천에서 태어난 나는 6학년 때 대구로 전학을 가서 담임 선생님의 사투리 때문에 놀란 적이 있다. 청소시간이었다.

"휴지 조라." 휴지를 주우라는 건지 휴지를 달라는 건지 헷갈렸던 것. 경북 북부지방의 사투리와 대구 사투리 사이에도 적지 않은 간극이 존재한다. 표준어는 그 간극을 메우려고 애를 쓰지만 사투리는 스스로 독립적인 개체로 살아가기를 원한다. 문자로서의 표준어는 음성으로서의 사투리에 비해 대체로 감성의 표현 능력이 떨어진다.

경북 북부지방에서는 제사를 지낼 때 배추전을 상에 올린다. 이 슴슴한 음식을 할머니는 배차적이라고 했고, 어머니는 배추적이라고 말했다. 학교에 간 적 없는 할머니가 한글을 배운 어머니보다 더 중세국어 표현에 가까운 음성을 구사했던 것이다. 지금은 고기나 채소를 기름에 부치는 '전煎'과 '적炙'을 '부침개' '지짐이' 등과 더불어 구별을 하지 않고 사용한다. 50여년 전만 해도 내 귀에 들어오던 말은 배추전이 아니라 배차적이었다. 그래서 고향의 음식을 시로 표현할 때 내가 선택한 제목은 '배차적'이었다.

평생 사내 등짝 하나 뒤집지 못한 여자가 마당 돌덩이 화덕에 솥뚜껑을 뒤집어놓는 날, 잔칫날이었지 불을 지피면 바삭바삭 엎드려 울던 잘 마른 콩깍지

속구배이 어구신 배추는 칼등으로 툭툭 쳐 숨을 죽여야 된
다 호통치는 소리, 배차적을 부쳤지 가련한 속을 모르는 참 가
련한 생을 가지런하게 뒤집었지 돼지기름 끓는 솥뚜껑 위에

배추전이 아니라 배차적,
달사무리하고 얄시리한 슬픔 같은 거

산등성이로 전쟁이 지나가는 동안 아랫도리 화끈거리던 밤
은 돌아오지 않았고

멀건 밀가루 반죽이 많이 들어가면 성화를 내던 들판들, 무
른 길들을 죽죽 찢어 먹던 산맥들, 고욤나무 곁가지 같던 손
가락들

이마의 땀방울을 받아먹던 사그라지는 검불의 눈이 그래도
곱던 시절이 있었니더 아지매는 아니껴?

제삿날에는 퉁퉁 부은 눈덩이로 썰어 먹던 배차적, 여자는
무꾸국처럼 하얘졌지

울진 영덕 봉화 영양 청송 영주 안동 예천 의성 문경 상주
가가호호 배차적 냄새가 송충이처럼 스멀스멀 콧등을 기어
갔지

—「배차적」 전문

(『능소화가 피면서 악기를 창가에 걸어둘 수 있게 되었다』)

외할아버지의 환갑 때였을 것이다. 마당 한쪽에 솥뚜껑을
뒤집어놓고 마을 아주머니들이 손을 보태 전을 부치고 있었
다. 우스갯소리가 오가기도 하는 왁자그르르한 날이었다. 누
군가 두텁고 뻐신 줄기 부분은 칼등으로 툭툭 쳐야 숨이 죽는
다고 말했다. 우리 어머니가 아내에게 배차적 부치는 요령을
가르칠 때도 그랬다. 별다른 조리법이 필요 없는 배차적이지
만 뜨거운 불판에서 순식간에 골고루 익히기 위해서는 꼭 필
요한 기술이다.

배추의 단맛은 설탕의 단맛과 다르니 달사무리해야 하고,
이파리의 두께는 종이처럼 얇지 않으니 얄시리해야 한다. 권
오휘 시인에게 얻은 『경북 북부지역 방언사전』한국문화사 2019을
뒤적거리다가 이 두개의 형용사를 만났다. 사투리는 명사나
용언에 국한되지 않는다. 어미의 쓰임에 따라 확연한 차이를
보일 때도 있다. 경북 북부지역 안동이나 예천 사투리는 비슷

한데 어미가 다르게 쓰이는 경우가 있다. 예천 사람들은 긍정의 의미를 담은 '그래여'를 가끔 섞어 사용한다. 상주나 문경이 가까운 탓이다. 그런데 이 억양이 동쪽으로 내성천을 건너오는 일은 아주 드물다. 사투리는 함부로 자신을 퍼뜨리지 않는다.

내성천 강변에 사는 나는 가만히 묻는다. 배차적을 얻다 찍어 먹어야 하는지 아니껴? 양념간장이 아이시더. 배차적은 장물에 찍어 먹어야 하니더.

(2021)

너를 마지막으로
나의 청춘은 끝이 났다

조용필의 「Q」

1989년 8월 7일, 나는 전교조 활동에 참여했다는 이유로 전북 이리중학교에서 해직되었다. 여름방학 기간이었다. 그럼에도 8월 말 개학을 하자 나는 학교로 출근했다. 해직이 부당하다는 것을 학교 안팎으로 알리기 위한 '출근투쟁'이었다. 교실로 가서 아이들을 만나시면 안 됩니다. 교감 선생님이 짧게 말했다. 교무실에서는 싸워야 할 대상이 없었다. 나는 교무실 내 낡은 책상의 책꽂이와 서랍을 정리했다. 동료 선생님들이 내 어깨를 쓰다듬고 지나갔다. 할 말이 없네. 간간이 건네는 악수는 미지근했다. 격려도 위안도 아니었으니까 말이다. 교무실에는 수천명이 모인 집회에서 외치던 구호도 없었고, 거리에서 나눠주던 홍보전단지도 없었고, 자정을 넘긴 토

론도 없었다. 내게는 아닌 것을 아니라고 조목조목 따져 설명할 기력도 없었다. 나는 텅텅 빈 허공, 스물아홉살의 청춘이었다.

교실에 있던 학생들이 운동장으로 우르르 쏟아져나오는 게 보였다. 막혀 있던 물꼬가 터진 것 같았다. 이거, 뭐야, 뭐야. 학생주임이 자리를 박차고 일어났다. 선생님들의 시선이 내게 꽂혔다. 나는 흐릿한 창문 밖을 바라보았다. 수백명의 '중딩'들이 운동장 가운데로 모여들고 있었다. 나는 아이들이 왜 밖으로 뛰쳐나왔는지 가만히 짐작할 따름이었다. 이 아이들의 움직임이 교실로 가지 못하는 나와 관련된 일이라면, 하고 생각하는 순간 눈물이 터져나올 것 같았다. 나는 숙직실 뒤편으로 가서 담배를 한대 피우며 마음을 가라앉혔다. 속으로 노래를 불렀다. 굴종의 삶을 떨쳐 반교육의 벽 부수고, 침묵의 교단을 딛고서 참교육 외치니, 굴종의 삶을 떨쳐 기만의 산을 옮기고, 너와 나의 눈물 뜻 모아 진실을 외친다. 하지만 진실을 외칠 힘도, 치켜들 주먹도 내게는 없었다.

나는 노래가 삶을 지배한다고 믿는 편이다. 군대 생활의 치욕과 억압과 불편을 잠시나마 견디게 해주는 것은 군가다. 교회를 다니는 사람들은 찬송가를 부르는 일과 은혜를 받는 일을 동일시한다. 교사로서 교육운동에 참여하면서 나는 민중

가요를 지독히도 편애했다. 1980년대를 '현장'에서 보낸 이들이 대부분 그랬을 것이다. 노래가 나를 달구는 연탄불이었다. 20대 중반부터 30대 중반까지는 대중가요가 귀에 들어오지 않았다. 그럼에도 가끔 카세트테이프를 재생해서 북한방송 듣듯이 혼자 듣던 가요가 있었다. 조용필의 「Q」다.

> 너를 마지막으로 나의 청춘은 끝이 났다
>
> 우리의 사랑은 모두 끝났다
>
> 램프가 켜져 있는 작은 찻집에서 나 홀로
>
> 우리의 추억을 태워버렸다
>
> 사랑, 눈 감으면 모르리
>
> 사랑, 돌아서면 잊으리
>
> 사랑, 내 오늘은 울지만
>
> 다시는 울지 않겠다

이리중학교에서 교사 생활을 하는 것으로 나의 청춘은 끝이 났다. 그날 운동장으로 뛰쳐나갔던 그 '중딩'들 속에 나중에 소설가가 된 백가흠이 있었다. 나는 그에게 국어를 가르치지 않았지만 교내 백일장에서 제법 단단한 문장을 쓸 줄 아는 아이로 기억하고 있었다. 학교 밖에서 백일장이 열리면 매번 그를 끼워 넣어 출전팀을 만들었고, 행사가 끝나면 중국음식점으로 데리고 가서 짜장면을 사주었다. 백가흠은 어떤 글에서 그날을 또렷하게 기억하고 있었다.

시인 안도현 선생님은 전교조 활동 때문에 학교에서 쫓겨났다. '중딩', 아무것도 이해할 수 없는 나이였지만, 아무것도 모르던 때는 아니었다. (…) 어쨌든 우리는 선생님을 다시 돌려달라고 데모라는 것을 했는데, 지금 생각해도 퍽이나 아름답고 정겨운 풍경이다. 안 선생님이 국어를 가르치던 2층의 5, 6, 7반과 내가 반장이던 4반이 합쳐 운동장에 모였다. 1, 2, 3반은 불참했다. 운동장에 나가서 아무것도 한 것은 없다. 뙤약볕 내리쬐던 한낮, 우리는 반별로 줄 맞춰 운동장에 앉아 있었다. 교장 선생님이 나와서 무슨 일인가 물어도, 수학 선생이었던 교감 선생님이 다그쳐도 아이들은 묵묵부답이었다. 침묵하라 하지도 않았고, 뭘 하자고도 한 적 없다. 주동자라고 하기에 좀 뭣한, 좀 웃기는 일이지만 네 반 반장들이 모여 그 일을 꾸민 것이었는데, 우린 뒤에 숨어 숨 졸이고 있었다. 운동장으로 나가기 전 교탁에 서서 왜 우리가 운동장에 나가야 하는지 반장이 얘기를 하는 시간을 가졌었는데, 혹시 누가 그걸 얘기할까봐 실은 전전긍긍하던 차였다.

—「가을의 기억, 시인 안도현과 이홍섭」 중에서

(『레이디경향』 2011년 11월호)

교장 선생님과 학생주임이 운동장으로 나가 맨 앞줄에 앉은 아이를 일으켜 세우면 그 아이는 마지못해 일어나서는 엉덩이를 털고 맨 뒷줄로 가서 다시 앉았다고 했다. 선생님들은 당황한 나머지 아이들을 설득하지 못하고 교실로 돌아가라고 윽박을 지를 뿐이었다. 그러면 맨 앞줄이 된 아이도 앞의 아이처럼 맨 뒷줄에 가서 앉는 일이 다시 반복되었다. 아이들이 굳게 잠긴 교문을 열고 이리역 광장으로 갈 기세였다고, 백가흠이 말했다. 뭔가 말하고 싶었지만 아무 준비가 없었고, 그대로 주저앉기에는 억울하고 답답한 분위기. 모두 어리둥절했지만 모두 무언가를 침묵으로 말했던 날. 아이들의 즉흥적인 항의성 '데모'는 교문 밖으로 뛰쳐나가려고 했던 모양이다. 겁도 없이 말이다. 그 어린 '중딩'들을 다독여 교실로 돌아가게 한 것은 선생님들이었다. 나는 그날 이후 학교에 나가지 않았다.

하얀 꽃송이 송이 웨딩드레스 수놓던 날
우리는 영원히 남남이 되고

고통의 자물쇠에 갇혀버리던 날 그날은

나도 술잔도 함께 울었다

사랑, 눈 감으면 모르리

사랑, 돌아서면 잊으리

사랑, 내 오늘은 울지만

다시는 울지 않겠다

사랑하는 사람과 남남이 되는 날뿐이랴. 술잔과 함께 울고 싶은 날이 우리 생에는 많다. 나도 그날 술잔과 함께 울었을 것이다. 조용필의 「바람이 전하는 말」 가사에도 술잔이 나온다고 뜬금없이 생각하던 때가 있었다. "타버린 그 잔 속에 숨어 있는 불씨의 추억"이 바로 그것이다. 이 노래의 2절은 내 영혼이 너를 떠나기 전에 너의 시선이 머무는 곳에 꽃씨를 하나 심고, 그 꽃씨가 꽃나무로 자라나서 바람에 꽃잎이 날리고, 연기를 피우며 낙엽을 태우면 재 속에 숨어 있는 불씨의 추억이 살아날 거라는 내용이다. 조용필은 노래의 절정 부분에서 유독 강한 된소리를 낸다. "타버린 그 재"를 나는 "타버린 그 잔"으로 오해하면서 들었던 것이다. 무려 20년이 넘게. 나는 지금도 '재'보다 '잔'이 만들어내는 울림이 훨씬 크다고 우기고 싶어진다.

너를 용서 않으니 내가 괴로워 안 되겠다

나의 용서는 너를 잊는 것

너는 나의 인생을 쥐고 있다 놓아버렸다

그대를 이제는 내가 보낸다

사랑, 눈 감으면 모르리

사랑, 돌아서면 잊으리

사랑, 내 오늘은 울지만

다시는 울지 않겠다

「Q」는 3절의 가사가 일품이다. 배신의 아픔으로 괴로워한다는 것은 상대방에 대한 집착을 끊지 못했다는 뜻이다. 그것은 배신 이후의 시간을 인정하지 않겠다는 것이며 화자 스스로를 고통 속에 가둬두는 일이 된다. 화자는 상대방을 잊음으로써 용서하는 방식을 택한다. 그것은 현실을 있는 그대로 인정하는 자세이며 새로운 미래를 설계하는 출발점이기도 하다. 나의 용서는 너를 잊는 것, 바로 그것. 화자의 이 현명한 선택은 노래를 듣는 대중에게 모종의 해방감을 부여한다. 네가 나를 놓아버렸으니 나도 너를 놓아버리겠다는 것. 그게 한때의 미혹이거나 착각이었다고 해도 거기에 얽매이지 않는

결연한 결별. 1980년대를 어떤 이들은 가시밭이었다 하고, 어떤 이들은 뜨거운 불볕이었다고도 한다. 그게 무엇이든 간에 1990년에 태어난 아들은 아부지, 또 80년대 이야기인가요, 하면서 고개를 절레절레 흔들겠다.

(2021)

때를 맞추는 일

40년 만에 고향에 돌아왔다. 내성천이 바라보이는 경북 예천의 산골짜기다. 밭을 매입해 집을 하나 짓고 석달 넘게 마당을 매만졌다. 몹쓸 역병이 세상을 휩쓰는 동안 장 지오노의 『나무를 심은 사람』에 나오는 양치기 노인처럼 세상과 거리를 두고 살았다. 콕 처박혀 산다는 말을 자주 했던 것 같다. 그동안 필요 이상의 대화와 만남으로 시간을 허비했으니 이제부터라도 온전히 나를 위한 시간을 조금씩 만들고 싶다.

귀향한 이후 마당을 꾸미는 일이 내 차지가 되었다. 돌담을 쌓을 때는 차를 끌고 돌을 주우러 다녔고, 꽃과 나무를 심을 때는 모종과 어린 나무를 얻으러 다녔다. 연못을 만들고 나서는 돌미나리와 부들을 구하러 다녔고, 텃밭을 일굴 때는 고종

사촌 형님께 부탁해 이웃 마을 트랙터의 도움을 받았다. 철제 울타리는 사촌동생이 와서 세워주었다. 닭장을 지을 궁리를 하고 있는데 아는 선후배들이 와서 멋진 닭장을 만들어주었다. 푸른 알을 낳는 청계 중병아리는 외삼촌이 구해주셨다.

나 스스로 할 줄 아는 게 아무것도 없다는 걸 요즘 깨닫는다. 판자에 못 하나 박을 줄 모르고 사다놓은 엔진톱의 시동도 걸지 못한다. 그동안 흰 손목으로 도시에서 시밖에 쓸 줄 모르는 바보였다. 시골에서 살아가는 일은 모두 낯설고 새롭지 않은 일이 없다. 강변을 걷다가 고라니나 뱀을 만나는 일이 아직은 신비하고 놀라울 따름이다.

예전에 버스에서 내려 고향 마을까지 오려면 강둑을 끼고 4킬로미터쯤을 걸어야 했다. 미루나무가 줄지어 선 강변의 여름은 언제나 뜨거웠다. 장마철이면 때로 강물이 넘쳐 주변 논밭이 물에 잠겼다. 적어도 1980년대 초까지만 해도 그랬던 것 같다. 홍수를 방지한다는 목적으로 강둑이 생기고 아스팔트 도로가 만들어지자 마을 사람들은 강물이 넘치면서 생기는 폐해를 걱정하지 않게 되었다. 기차를 타거나 읍내에 가기 위해 맨발로 강을 건널 일도 없어졌고 겨울 초입마다 나무를 베어 와 힘들게 다리를 놓는 일도 없어졌다.

편리한 강둑길은 마을과 강을 좌우로 완전하게 분리해버

렸다. 마을 사람들은 강을 잊어버렸고 강은 사람들을 잊어버렸다. 길이 그 둘 사이를 완벽하게 차단하면서 강물에 멱을 감는 사람들도 찾아볼 수 없게 되었다. 게다가 몇년 전부터 이 내성천 상류에 영주댐이라는 거대한 괴물이 등장하면서 강물의 수량이 급격히 줄어들었고 은모래가 광활하게 반짝이던 모래사장은 버드나무와 갈대가 잠식하기 시작했다.

갈대숲 사이로 없는 길을 내서 수건을 들고 멱을 감으러 가보았다. 풀 한포기 없던 강에 식물이 뿌리를 내리면서 강은 숲으로 변해가는 중이었다. 물가에는 고라니 발자국이 또렷하게 찍혀 있었다. 갈대숲에 고라니가 서식할 수 있는 환경이 조성되었으니 고라니에게는 다행한 일이라고 생각할 수도 있다. 그러나 강둑길 때문에 고라니가 원래 살던 숲과 강변의 갈대숲은 나누어졌다. 한번은 내가 운전하는 차를 향해 100미터도 넘게 뛰어오던 고라니가 있었다. 고라니에게 날개가 있었을까. 그 녀석은 나를 발견하더니 10미터도 넘어 보이는 둑 아래로 날아가 몸을 피했다.

가을에는 족제비를 처음 보았다. 뒷마당에 들어왔다가 돌담을 넘어 종종종 사라지던 길쭉한 녀석. 옛적에 우리 둘째 고모부는 처가에 올 때 족제비 덫을 가지고 왔다 한다. 족제비를 잡는 이유는 그 털을 비싸게 팔 수 있기 때문이었다. 노란 털빛은 정말 오묘한 윤기를 뿜어내고 있었다. 나는 족제비에게 부탁했다. 앞으로 닭장 근처에는 어슬렁거리지 말고, 나랑 오래오래 친하게 지내자.

가끔 만나는 꾀꼬리의 노란 털빛도 내게는 매혹 덩어리다. 마당 한가운데로 꾀꼬리가 빠르게 날아가면 마치 창문에 노란 금이 그어지는 것 같다. 농사로 생계를 유지하지는 않지만 나는 조금씩 옛날의 농경문화를 답습하면서 그 속으로 편입되는 중이다. 그건 한가로운 전원생활이 결코 아니다. 아파트에서는 툭하면 관리사무소의 도움을 받았지만 여기서는 모두 내 손을 움직여야 한다. 작은 못부터 하찮은 비닐 끈까지 모두 챙겨두어야 한다.

봄부터 텃밭에다 이것저것 생기는 대로 심었다. 감자와 고구마와 땅콩과 얼갈이배추는 성공했으나 장마가 길어 고추와 방울토마토와 옥수수는 실패했다. 팥도 수확 시기를 놓쳐 망쳤다. 김장배추와 무도 심는 시기를 놓쳐 볼품이 없었다. 올해는 고추를 줄이고 옥수수와 대파를 더 많이 심어볼 생각이다. 외딴집이라 참견해주시는 할머니도 한분 계시지 않는다. 인터넷이 나의 선생님이다.

안상학 시인이 준 범부채 씨앗을 연못가에 묻어두었더니 한뼘 넘게 범부채 싹이 올라왔다. 첫해는 꽃을 피우지 못한다고 했다. 올해 여름에 범부채 꽃이 피면 연못 속의 잉어들이 부채를 부쳐달라고 꽤나 보채겠다. 박성우 시인이 심어준 정읍 구절초가 가을에 자지러지게 피었다가 졌다. 산국도 늦게까지 꽃을 달고 있었다. 박남준 시인이 하동에서 보내준 가시연꽃은 연못 물이 차가운지 몸살을 하는 것 같았다. 울타리에 심은 더덕은 올해 왕성하게 향기를 풍길 것이다.

눈에 띄는 대로 가을에 씨앗을 여럿 받았다. 남의 밭에서 부추 씨앗 한 봉투, 강원도 고개를 넘다가 코스모스 씨앗 한 봉투, 내성천 강변에서 금계국 씨앗 한 봉투, 예천여고 꽃밭에서 금잔화 씨앗 한 봉투, 나팔꽃이며 맨드라미며 봉숭아 씨앗 한 봉투…… 스무가지가 넘는 것 같다. 씨앗을 심는다고 해서 모두 아름다운 꽃이 피고 좋은 열매를 맺는 건 아니다. 무엇보다 때를 잘 맞춰야 한다. 씨앗 위에 덮이는 흙의 두께와 씨앗이 뿌리를 내리는 데 필요한 물과 햇볕의 양과 북을 돋아줘야 할 시기와…… 다시 봄이다. 겨우내 일을 하지 않고 잠만 자고 있던 괭이와 호미와 장화를 깨우러 갈 때다.

(2021)

권태응 선생님께 드리는 편지

    2018년 창비에서 나온 『권태응 전집』을 오늘 다 읽었습니다. 마지막 페이지를 덮고 나니 선생님의 육필을 '오곤자근' 앉혀놓은 표지가 눈에 들어옵니다. 해방 전후 선생님 혼자 묶어둔 몇권의 육필 동시집에서 글자들을 따와 표지에 배치를 했더군요. 이미 선생님의 「감자꽃」 「고추잠자리」 「땅감나무」 「또랑물」과 같은 동시들과 동시를 쓰는 열정에 압도당한 적 있는 저는 선생님의 글씨를 하나하나 들여다보며 또 겸허한 마음을 갖게 됩니다. 갈겨쓰거나 허투루 적은 글자가 하나도 보이지 않습니다. 왼쪽 줄맞춤은 비뚤어지지 않았고 마침표는 제자리에 빠짐없이 찍혀 있으며 글자의 모양은 '오곤자근' 정겹습니다. 이 모난 데 없는 글자들로 '권태응체 폰트'라도 만들어보면 어떨까 혼자 생각해봅니다.

꿀벌들은 통 속에서 오곤자근.
동무 동무 정다웁게 꽈온 양식,
서로서로 노나 먹곤 오곤자근.

생쥐들은 굴속에서 오곤자근.
동무 동무 정다웁게 꽈온 곡식,
소곤소곤 노나 먹곤 오곤자근.

아기들은 방 안에서 오곤자근.
동무 동무 정다웁게 얻은 밤톨,
화롯불에 묻어놓곤 오곤자근.

—「오곤자근」 전문

국어사전에도 없고 그 어떤 문학작품에도 등장하지 않는 '오곤자근'. 선생님은 아예 제목으로 '오곤자근'을 택했습니다. 선생님의 동시에는 대체로 명사로 이루어진 제목들이 많습니다만 부사로 된 제목은 '오곤자근'이 유일합니다. 그만큼 이 말의 묘미에 선생님도 매혹되었다는 뜻이겠지요. 이 동시가 아니라면 우리가 이 살뜰한 말을 어디에서 만날 수 있었 겠습니까. 제 메모장에도 '오곤자근' 네 글자를 적어두었습니 다. 나중에 이 제목으로 저도 동시 한편을 써보고 싶습니다. 그러더라도 너무 책망하지 마시기를 바랍니다. 노랑 참외 냄 새를 "몰식몰식"「노랑 참외」이라고 쓰거나 흙무덤에서 "철 만난 씨감자가/오골박작 나오고"「흙무덤이」라고 쓰신 걸 보고 저는 바닥에 털썩 주저앉고 싶어졌습니다. 그 상황에 딱 들어맞는 말을 배치하는 시어 운용의 비법을 따라갈 재간이 제게는 없 기 때문입니다.

선생님의 동시 곳곳에 등장하는 '동무'도 제게는 참으로 반 가운 말입니다. 1948년 삼팔선 이북에서 조선민주주의인민 공화국이 세워진 이후 '동무'는 이남에서 자취를 감춘 말이 되고 말았습니다. 심지어 '동무'라는 말을 무심코 사용했다가 북한을 고무·찬양한다는 오해를 받는 일도 허다했습니다. 민 족의 분단이 슬프게도 말의 분단을 불러왔던 거지요. '인민' 이라는 말 역시 분단 이후 남쪽에서는 폐기된 아까운 말입니 다. 선생님께서 1948년 글벗집에서 간행한 동요집 『감자꽃』 에는 「북쪽 동무들」이라는 동시가 실려 있습니다. 이북에 사 는 동무들에게 "먹고 입는 걱정들은/하지 않니?/즐겁게 공 부하고/잘들 노니?"라고 묻는 이 마음 언저리에는 그 어떤 이념도 업신여김도 고무도 찬양도 없습니다. 삼팔선으로 나라가 갈라진 탓에 만나지 못하는 '북쪽 동무들'이 그저 궁금해 안부를 물었을 뿐입니다. 선생님께서 첫번째 동시집을 갖게 된 바로 그 시점부터 우리는 '동무'라는 말을 잃었습니다.

　선생님의 동요집 『감자꽃』은 윤석중 선생이 머리말을 쓰고 화가 정현웅 선생이 삽화를 그렸습니다. 혹시 생전에 정현웅 선생을 만나보신 적이 있으신지요? 선생님께서 그를 만나셨다면 세상 돌아가는 일과 예술가로서의 삶에 대한 견해가 거의 일치했을 거라고 생각합니다. 정현웅 선생은 1930년대 중반 조선일보 출판부에서 일을 할 때부터 시인 백석의 절친한 친구였지요. 백석의 옆자리에서 『조광』『여성』『소년』의 표지화와 삽화를 도맡다시피 했고 홍명희의 『임꺽정』, 박태원의 『소설가 구보씨의 일일』, 윤석중 동시집 『굴렁쇠』 등 수많은 책에 그림을 보탠 당대 최고의 화가이자 장정가였습니다. 백석과 정현웅과 권태응, 이 세분의 이름을 나란히 써넣고 보면 세분 모두 민족주의자도 사회주의자도 아나키스트도 아니라는 공통점이 있습니다. 이분들은 일제가 물러간 조선에 그저 새로운 나라가 들어서기를 간절하게 바라던 젊은 예술가들이었습니다. 정현웅 선생은 한국전쟁 발발 이후 서울에서 재건 조선미술동맹의 서기장을 맡았고, 9·28 서울 수복 이틀 전에 퇴각하는 인민군을 따라 월북했지요. 가족들에게 북조선에 잠시 다녀오겠다는 말을 남기고서 말이지요.

그 무렵 선생님은 폐결핵의 병마에 시달리면서 피란길에 쓴 동시 59편을 모아 육필 동요·동시집 『산골 마을』을 엮으셨습니다. 비록 출간되지는 못했지만 이 책은 선생님이 세상에 남긴 마지막 저작물입니다. 1950년 7월 4일부터 7월 23일 사이 선생님은 피란길을 마치 생중계하듯이 동시를 한줄 한줄 적었습니다. 전투기의 기통소사가 요란한 전쟁터에서 혼자 밭에서 일하는 '귀머거리 할머니'처럼 말입니다. 7월 14일 초고를 쓰고 22일 개작한 「귀머거리」는 마치 선생님의 육성처럼 들리기도 합니다.

비행기도 총소리도

겁 안 난다.

모두들 피란 가라

나는 일한다.

어떤 놈이 내 귀를

뚫볼까보냐?

—「귀머거리」 전문

이 시의 화자인들 왜 전쟁의 참혹함을 모르겠습니까. 하지만 자신은 피란 가지 않겠다고 작심한 배경에는 평생 쉬지 않고 지속해온 노동을 멈출 수 없다는 절박한 심정이 깔려 있습니다. 그것은 뒷부분에서 청각장애인으로 살아온 화자의 처지와 결합됩니다. 아무도 내 귀를 뚫을 수 없다는 진술은 자신의 삶에 대한 자조적인 한탄인 동시에 전쟁의 소란에도 나는 주체적인 자아로 살아갈 거라는 자기선언이기도 합니다. 건강한 신체를 가진 이들이 치고받으며 전쟁을 벌이는 동안 불구의 할머니가 세계의 주체로 우뚝 서는 광경을 이 시에서 만나게 됩니다.

전쟁이 터지자 남쪽과 북쪽의 문인들은 각각 종군작가단을 구성해 서로에 대한 적개심을 불러일으키는 글을 쓰고 문학의 밤 등을 개최하면서 전쟁에 참여했습니다. 남쪽의 전쟁문학은 자연스럽게 반공주의의 입장을 취하게 되었지요. 하지만 선생님의 동시는 좌우 이념의 대립이 없고 증오와 저주가 없는 오롯한 '순수문학'으로서의 전쟁문학으로 남았습니다. 놀라운 일이 아닐 수 없습니다. 이런 면에서 선생님을 감히 철저한 문학주의자라 부른다고 해도 이의를 제기할 사람은 없을 것입니다.

한국전쟁 이후 우리나라 동시의 가장 큰 결함을 한가지만 말하라면 '동심천사주의'가 질병처럼 만연했다는 점일 것입니다. '동심천사주의'는 어린이의 마음을 천사라고 규정하는 단순한 시각인데, 이 질병은 현실의 모순과 부조리를 감추고 숨기는 데 아주 적합한 논리로 작용합니다. 선생님의 「누구 발자욱」에는 눈이 쌓인 새벽길에 발자국을 남기고 간 사람이 등장합니다. '동심천사주의'의 입장에서 보면 그 발자국은 아무런 고민 없이 어린이의 발자국으로 표현되었을 것입니다. 선생님은 달랐습니다.

> **실 공장에 다니는 이웃집 누나**
>
> **아마도 새벽길을 갔나 보다.**
>
> ——「누구 발자욱」 부분

1930년대에 들어서면서 일본은 군수물자를 조달하기 위해 '조선공업화정책'을 펼치게 되고 방직공장과 실을 뽑는 제사공장이 전국에 우후죽순처럼 생겨났지요. 선생님의 고향 충주에도 오가와_{소천} 제사공장이 있었고 이 동시에 등장하는 이웃집 누나도 아마 그 공장을 다니던 어린 노동자였을 것입니다. 이 공장의 여성노동자들은 1929년 열악한 근무환경 개선을 요구하며 파업을 했다는 기록도 남아 있군요. 그 어떤 시인도 눈여겨보지 않았던 이웃집 누나를 선생님은 어린이의 눈을 통해 읽어낸 것입니다. 이것은 1970년대에 김민기가 「강변에서」라는 노래를 통해 "건너 공장에 나간 순이"를 불러낸 탁월한 안목과도 맞닿아 있습니다. 어른의 현실과 어린이의 현실이 따로 있을 리 없습니다. 물론 그 둘 사이에 세상을 보는 시각이나 문제 해결 방법의 차이가 있을 수는 있습니다. 선생님의 시각은 "밥 얻으러 온 사람"거지도 "다 같이 우리 동포"라며 따스한 동포애로 포용되며 "등에 업힌 그 아기"에서 눈을 떼지 않습니다. 선생님의 시에 훼손되지 않은 채 드러난 이러한 의타심은 요즘처럼 살벌한 세상에서는 상상하기도 힘든 마음이지요. 어린이의 현실에 주목하지 못한 우리 동시가 어떻게 하향곡선을 그으며 자신의 존재가치를 떨어뜨려왔는지를 살펴보면 선생님의 동시가 얼마나 소중한 것인지 새삼 깨닫게 됩니다.

밭둑에 줄 서 있는 뽕나무

잎은 모두 누엘 주고
오딘 모두 애들 주고
가진 모두 불 아궁 주고

발가숭이 알몸뚱이

장하기도 하구나.

——「뽕나무」 전문

미국의 셸 실버스타인이 1960년대에 발표한 동화 『아낌없이 주는 나무』가 떠오릅니다. 저는 이 동화를 선생님의 「뽕나무」보다 먼저 읽었습니다. 도종환 시인이 미국에 사는 자제분 권영함 선생을 찾아가 원고를 받고 그것을 공개하기 전까지 우리는 선생님의 동시들을 모두 읽지 못했습니다. 전쟁 중에 서른네살의 나이로 일찍 세상을 뜬 불우한 동시인의 한 사람으로만 알고 지냈습니다. 이미 20년 넘게 충북 충주에서 '권태응문학제'가 열리고 있고 『권태응 전집』이 몇년 전에 출간되었지만 선생님에 대한 평가는 여전히 미진한 느낌입니다. 저는 이 시 「뽕나무」처럼 선생님의 시에 식물과 관련된 소재와 이미지들이 광범위하게 등장하는 점에 더 주목해야 한다고 생각합니다. 한국에서 농촌공동체가 살아 있었던 1950년대 이전에는 식물성의 세계가 상상력의 근원이 되었을 것입니다. 농사를 짓는 일이 바로 식물의 씨를 뿌리고 가꾸고 열매를 수확하는 일이었으니까요. 아이들의 생활과 밀착되어 있던 뽕나무라는 식물에서 모든 걸 사람에게 주는 그 헌신의 이미지를 발견하신 선생님의 눈은 오늘날에도 여전히 배우고 따라야 할 시각입니다. "오월 오일 단옷날엔/약쑥을 뜯고//유월 육일 되거들랑/육모초를 뜯고//구월 구일 기다렸다/구절초도 뜯"「어머니 약」는 식물성의 삶에서 멀리 떠나왔기에 더더욱 그렇습니다. 약쑥과 육모초와 구절초를 수수조청 만들 때 같이 넣어 속병 앓는 어머니의 약으로 쓴다는 이야기는 동시에서 흔치 않게 만나는 '레시피'이기도 합니다.

선생님은 1939년 일본 유학 중에 검거되어 3년의 징역형을 언도받고 복역하던 중에 폐결핵 3기 판정을 받았습니다. 그후 10년 동안 선생님은 폐결핵을 몸에서 떼어내지 못하고 고생하다가 돌아가셨습니다. 그 당시 구하기 힘들었다는 '마이신'은 스트렙토마이신이었겠지요. 이 항생제 근육 주사를 간헐적으로 투여하면서 1945년부터 돌아가시기 전까지 5년여 동안 쓴 동시는 실로 폭발적인 양이라고 할 수 있습니다. 이 시기는 우리 현대사에서 정치적인 파고가 급변하던 때였습니다. 좌우 이념의 대립이 심각했으며 국토는 남북으로 쪼개져 혼란이 지속되고 있었습니다. 또한 간악한 정치 모리배들이 물 만난 듯 설치던 때였습니다. 선생님은 오로지 글쓰기 하나로 그 혼란의 세월을 통과하고자 했습니다. 소나무는 생육 환경이 좋지 않아 건강이 위태롭다고 느끼면 가지에 솔방울을 수없이 매단다고 합니다. 종족 번식의 본능이 열매 생산으로 나타나는 것이지요. 해방공간과 전쟁 중에 창작된 선생님의 동시가 선생님의 안타까운 솔방울이었나 싶어 가슴이 저려옵니다. 하지만 선생님, 선생님의 그 수많은 솔방울들이 이제 땅에 뿌리를 내리고 우리나라 어린이들의 마음속으로 착착 진입하고 있습니다.

요즘 어린이들에게 저는 선생님의 「살구씨」를 읽어주고 싶습니다. 살구씨와 복숭아씨는 유난히 단단해서 발아시키는 일이 여간 힘든 게 아닙니다. 오랜 정성과 시간이 필요하지요. 단단한 씨앗에서 싹이 나온다는 상상조차 하지 않는 요즘 어린이들에게 이 시는 상상력을 자극하는 회초리가 될 수도 있습니다. 이 시를 읽고 한알의 씨앗을 통해 새로운 생명의 탄생을 고대하는 아이들이 늘어간다면 선생님의 솔방울은 더이상 슬픈 솔방울이 아닙니다. 선생님의 전집을 다시 읽겠습니다. 선생님이 살아오신 궤적을 더 공부해보겠습니다. 시인의 열정과 창작성의 상관관계를 조금 더 따져보겠습니다.

권태응 선생님, 이제 더이상 아프지 마십시오.

(2021)

몇 무릎 몇 손이나 모아졌던가

송창식을 듣는 겨울

젓가락 장단에 맞추어 노래를 부르던 시절이 있었다. 젓가락 두드리는 솜씨가 전문 연주자에 가까운 사람이 있었는가 하면 악보 하나 없이 3절까지 가사를 외워 부르는 사람도 있었다. 어쩌다 노래를 청하면 다소곳하게 두 손을 모으고 가곡을 부르는 사람도 있었지만 목을 빼고 고래고래 소리를 질러 불꽃을 토해내야만 술자리에서 일어서던 사람도 있었다. 전주에서는 소설가 이병천 형이 특히 그랬다. 그는 김상국의 「여기 이 사람들」을 그야말로 목을 놓아 불렀다. 그의 노래는 곧바로 나에게 전염이 되었다. 그처럼 뜨겁게 노래를 불러야만 지치지 않을 것 같았다. 나의 20대는 두 손을 주머니에 찔러 넣고 이 노래를 부르면서 처연하게 지나갔다. 이 노래가

1966년도 KBS 라디오 드라마 주제가였다는 건 나중에 알았다. 이 세상에 노래방이라는 희한한 공간이 등장하기 이전의 이야기다.

최근에는 한반도 남쪽에서 '트롯'이 바야흐로 만화방창이다. 숨어 있던 가수들이 속속 발굴되어 그 기량을 유감없이 뽐내고 있고 그들의 노래는 코로나19로 위축된 마음들을 위무하는 데 부족함이 없다. 국민 전체가 노래를 즐기면서 가수들의 가창력을 평가하는 귀 명창이 된 것도 예상 밖의 소득이다. 트로트뿐만 아니라 포크송이 오디션 프로그램에 등장하는 것도 나 같은 꼰대들에게는 반가운 일이다.

이들 가수들이 부르는 노래는 신곡보다 대부분 2000년대 이전의 대중가요가 많다. 리듬은 호소력이 강하고 가사 내용은 서정적이어서 불편하지 않다. 이미자 남진 나훈아…… 젊은 시절 이들의 노래에 빠졌던 분들은 이제 거의 현역에서 물러났지만 텔레비전은 이 가수들을 다시 무대로 불러내고 있다. 온고지신, 옛것을 익혀 새로운 것을 창출하는 열풍이 당분간 지속될 것 같다. 그동안 이름이 널리 알려지지 않았던 가수들의 실력 또한 얼마나 신선한가. 나는 요즘 「싱어게인」 63호 가수의 노래를 들으려고 유튜브를 자주 들락거린다. 아내도 이 주책에 동참한다.

내게도 마음 한쪽 창고에 쟁여둔 가수와 노래가 있다. 1970년대 후반에서 1980년대 중반까지 나는 송창식의 「사랑이야」를 입에 달고 다녔다.

> 당신은 누구시길래 이렇게
> 내 마음 깊은 거기에 찾아와
> 어느새 촛불 하나 이렇게 밝혀놓으셨나요

이 감미로운 노래는 젓가락 장단이 필요 없었다. 내게 왔던 그 모든 '당신'을 생각하면서 자리에서 일어나 반쯤 눈을 감고 부르면 제격. 그 '당신'은 내가 혼자 좋아하던 그녀였고, 내게 쉽게 오지 않던 시였고, 우리 공동체가 찾아서 누리고 싶었던 자유와 해방의 다른 이름이었다.

송창식은 마치 기도하면서 노래를 부르는 사람처럼 보였다. 그의 목소리는 메마르고 암울한 시기에 세상을 잘 견뎌내자는 따스한 응원의 목소리 같기도 했다. 그의 장인적 기질, 우리 전통에 대한 배려, 그리고 도가풍의 허허로운 웃음과 옷자락이 나는 좋았다. 스타에 대한 애착은 곧잘 편애로 연결된다. 내가 좋아하는 송창식에게 눈이 팔려 다른 가수들의 노래를 아예 들으려고 하지 않았던 적도 있었다.

그의 「나의 기타 이야기」도 내가 좋아하는 노래다. 이 노래의 가사는 그 서사도 낭만적이지만 노래 가사에서 시적인 진술이 무엇인지를 잘 보여준다.

옛날 옛날 내가 살던 작은 동네엔
늘 푸른 동산이 하나 있었지
거기엔 오동나무 한그루하고
같이 놀던 소녀 하나 있었지

이렇게 시작하는 가사는 오동나무에 소녀의 모습을 그려놓고 거기에 다정한 목소리를 담고 싶어 하는 대목에 가서 절정에 이른다. 시각적인 그림에 소녀의 목소리라는 청각을 입히고 싶어 하는 그 마음, 도저히 이루어질 수 없으나 이루어지기를 갈구하는 그 마음이 바로 시적인 것의 출발이 아닌가.

바람 한줌 잡아다 불어 넣을까
냇물 소리를 떠다 넣을까

소녀에 대한 간절한 그리움은 '몇 무릎 몇 손이나 모아졌던가'라는 낯선 조어를 만들어내기에 이른다. 이것은 자신의 염원을 이루기 위해 그만큼 오래 꿇어앉아 손을 모으고 기도를 했다는 것인데, 노래는 그 낯선 조어마저 매우 자연스러운 것으로 바꾸어놓는다.

동일한 취향을 가진 사람들은 어렵지 않게 하나가 된다. 노래를 듣고 부르는 경험을 공유한다는 것은 차이를 극복하고 뛰어넘는 데 아주 효과적이다. 방탄소년단을 좋아하는 팬들이 '아미'라는 이름으로 동질감을 느끼듯이 나는 송창식의 노래를 좋아하는 이들을 만나면 유난히 들뜬다. 송창식의 노래를 같이 듣고 또 같이 부르게 될 때 나는 그 사람에게 감기고 마는 것이다. 마치 정지되지 않는 고장 난 라디오처럼.

전북대 영문과에서 정년을 앞두고 계신 이종민 교수는 연애 시절 데이트를 할 때면 송창식 노래만 들었다고 한다. 「피리 부는 사나이」와 「고래사냥」은 젊은 연인을 더 단단하게 죄어 매는 끈이 되었을 것이다. 그 이야기를 들은 날, 우리는 술자리가 끝날 때까지 송창식 노래만 불렀다. 아는 가사는 따라 부르고 모르는 가사는 휴대전화로 검색을 하면서 말이다.

겨울이 다가오면 떠오르는 송창식의 노래가 있다. 「밤눈」이다. 나는 첫눈을 기다리며 흥얼거린다.

한밤중에 눈이 내리네 소리도 없이

가만히 눈 감고 귀 기울이면

까마득히 먼 데서 눈 맞는 소리

흰 벌판 언덕에 눈 쌓이는 소리

당신은 못 듣는가? 저 흐느낌 소릴

흰 벌판 언덕에 내 우는 소릴

잠만 들면 나는 거기엘 가네

눈송이 어지러운 거기엘 가네

눈발을 흩이고 옛얘길 꺼내

아직 얼지 않았거든 들고 오리다

아니면 다시는 오지도 않지

한밤중에 눈이 나리네 소리도 없이

눈 내리는 밤이 이어질수록

한발짝 두발짝 멀리도 왔네

한발짝 두발짝 멀리도 왔네

적막 속에 눈 쌓이는 소리까지 들을 줄 아는 예민한 귀가 그리운 때다. 한밤중에 마당에 눈이 왔나 살펴보다가 스물세살 겨울에 쓴 「서울로 가는 전봉준」『서울로 가는 전봉준』, 문학동네 2004: 2021이라는 시를 생각한다. 그때도 내 머릿속에 눈 쌓이는 소리가 지나갔나보다. 나는 "못다 한 그 사랑 원망이라도 하듯/속절없이 눈발은 그치지 않고/한 자 세 치 눈 쌓이는 소리까지 들려오나니"라고 썼다. 혁명에 실패하고 붙잡혀가는 전봉준을 지키지 못한 이들의 자책을 눈 쌓이는 소리로 비유하고 싶었던 것이다.

(2021)

우물에 빠져 있는 동시

    동시를 쓰는 분들이 입버릇처럼 하는 말이 있다. '동시도 시어야 한다'는 이 문제의식은 정체된 한국동시의 한계를 일깨우는 하나의 오래된 기치가 되었다. 1960년대 초에 제기된 이 명제를 60여년이 흐른 지금, 과연 다시 반복하지 않아도 될 만큼 한국동시는 성장했을까? 동시는 동시라는 체제, 동시라는 형식, 동시라는 우물 속에서 벗어났을까?

    안타깝게도 한국에서 시라는 문학양식이 점하는 위치에 비해서 동시가 차지하는 자리는 여전히 비좁아 보인다. 동시가 이렇게 위축된 모습을 보이는 이유가 무엇일까? 내가 보기에 동시는 시에 비해 당대 현실에 대한 응전력이 결정적으로 부족했다. 현실을 수용하고 반영하지도 못했고 엄혹한 현실을 타개해나갈 방책을 마련하지도 못했다.

가만 짚어보자. 박정희 군부독재와 산업화 정책, 10월 유신과 새마을운동으로 대표되는 정서적 획일주의, 1980년 신군부의 폭압과 광주항쟁, 시민들의 민주·민중의식의 성장, 남북관계의 변화, 민주화와 정보화 시대의 도래와 같은 격변이 지나가는 동안에도 동시는 우물에 갇혀 있었다. 동시는 우물 속에서 현실과 어린이를 분리해서 사고하는 일에 몰두했다. 동시는 어린이들에게 왜곡된 현실을 있는 그대로 보여주지 않고 숨기기에 급급했고, 동시인들은 아동문학이라는 테두리 안에 몸을 사렸다. 시가 공동체의 상처와 고통을 방치하지 않고 현실의 모순들을 전복시켜나가는 상상력을 발휘할 때, 동시는 현실이 왜 고통스러운가에 대해, 그 근원에 대해 말하지 못했다. 자기갱신 대신에 옹졸한 현실 안주의 길을 택함으로써 동시는 망했다. 독자들은 동시를 읽지 않았고, 아동문학의 범주 안에서도 동시는 동화에게 밀려났으며, 유수한 출판사들은 수십년 동안 동시집 출간을 외면했다.

우물에 빠진 개구리는 우물 안이라는 현실을 자탄하지 않는다. 우물 밖의 세계를 부러워하지도 않고 우물 안에서 자신의 세계를 경영한다. 개구리는 우물이 자신의 현실이며 미래라는 걸 자각하고 우물 안에서 부단히 움직이면서 살아간다.

동시는 우물 안에서 움직이지 못했고, 동시인들은 우물 밖의 별을 바라보는 일에 게을렀다. 동시의 역동성의 부재는 어제오늘 일이 아니다. 움직임이 없으면 죽은 것이다. 시적인 것은 고정되어 있지 않고 움직이는 성질을 통해 획득되는 법이다. 남들이 늘 하던 방식 그대로 행과 연을 배치해서는, 상투적이고 빤한 언어를 상습적으로 구사해서는, 현실을 느끼고 받아들이고 뒤집고 튕겨내고 해체하는 상상력이 없이는 동시를 동시라고 말하기 곤란하다. 인도 고대시가 '수바시따'에 이런 말이 있다.

다른 사람의 심장을 뚫지 않고
고개를 끄덕이게 하지도 않는
시나 화살
도대체 무슨 소용이 있다는 말인가?

『탈감정사회』한울 2014의 저자 메스트로비치는 현대인들이 '감정벨트'를 차고 다닌다고 말한다. 스스로를 안전하게 지키기 위해, 감정적인 것으로부터 소모되지 않기 위해 감정벨트에 의지한다는 것이다. 그것을 그는 '맥도날드화된 감정' 혹은 '죽은 감정'이라고 말한다. 죽은 감정은 기계화되고 규격

화된 감정이다. 사람들은 제조된 가짜 감정을 진정한 감정이라고 믿고 소비한다. 탈감정사회에서 현대인들은 어떤 일에 대해 자발적 감정을 느끼는 게 아니라 이미 만들어진 여론을 숙지해 받아들이고 거기서 예상되는 감정을 습득한다. 그 감정으로 적절하게 고개 끄덕이고 적절하게 흥분하고 적절하게 슬퍼하는 것으로 감정을 표현했다고 착각하면서 살아간다. 집단 속에서 감정을 공유하고 있다 안도하고 자신은 세계로부터 소외되지 않았다 자위하는 것이다.

여기서 다시 묻는다. 우리는 동시라는 체제에 갇힌 것은 아닌가? 어떤 의심도 회의도 없이 동시라는 형식을 기계적으로 반복하는 것은 아닌가? 안전한 동시의 우물에 갇혀 혁파는커녕 '혁⽕'이라는 말만 들어도 벌벌 떠는 것은 아닌가? 감정벨트에 갇히지 않은 요동치는 야생의 감정을 생산할 의욕은 있는가? 우리의 실제 경험과 기억을 디딤돌로 삼아서 세계와 존재의 핵심을 질문하는 문의 입구에 도달할 구상은 하고 있는가?

(2021)

문학 자산의 기억 방식

　문학은 문자로 기록되고 책이라는 형식에 담겨 활자로 저
장된다. 책 읽기는 가장 오래된 문학의 향유 방식이다. 때로
책 속에 갇혀 있던 문학을 책 바깥으로 꺼내는 일도 심심찮게
일어난다. 시에 소리를 더하면 낭송이 되고 곡을 붙이면 노래
가 된다. 시가 그림을 만나면 시화가 되고 몸짓을 가미하면
무용이 된다. 소설이 연극이나 영화로 다시 태어나기도 하고
근래에는 소설작품을 낭독하는 소규모 행사도 자주 마련된
다. 시낭송을 전문적으로 연습하고 공연하는 모임도 곳곳에
서 꽤나 영역을 넓히고 있다.

　2000년대 이후 지역과 작가의 이름을 내걸고 문학관을 설
립하는 일이 붐을 이루고 있다. 어림짐작으로 100군데가 넘

어 보인다. 문학관은 주로 지방자치단체가 지역 출신 작가를 관광자원으로 활용하거나 명망 있는 작가를 유치해 그 지역의 문화적 인지도를 높이기 위해 설립된다. 때로 지역문인들의 끈질긴 요구에 따라 문학관을 세우기도 한다. 모두 적지 않은 예산이 투여되어야 한다. 심지어 자신의 이름과 문학적 성과를 앞세우기 위해 스스로 문학관 간판을 내거는 경우도 있다.

이런 안간힘에도 불구하고 '개점휴업' 상태를 면치 못하는 문학관이 적지 않다. 번듯한 건물을 짓는 게 능사가 아니다. 작가의 저서와 유품을 전시하는 것으로 그 역할을 다했다고 생각해서도 안 된다. 문학관은 이제 작가의 과거를 집적하는 공간에서 새로운 문화콘텐츠를 생산하고 확산하는 공간으로 바뀌어야 한다.

화천의 이외수문학관은 생존 작가의 이름을 내건 최초의 문학관이다. 작가의 SNS 활동에 힘입어 휴전선과 맞닿은 화천을 감성의 고장으로 변화시켰다. 평창의 이효석문학관은 봉평이라는 산촌마을을 메밀꽃이 자욱하게 피는 낭만적이고 상징적인 공간으로 확장시켰다. 전주의 최명희문학관은 한옥마을의 부상과 더불어 끊임없이 창의적인 프로그램들을 개발하면서 성공한 사례다.

현재 서울 은평구에 설립을 준비 중인 국립한국문학관은 2024년 상반기 개관을 목표로 하고 있다. 작년부터 한국문학 관련 자료를 수집하고 있고 '문학 빌리지Munhak Village'로 명명된 설계 공모 당선작 선정을 마쳤다. 국립한국문학관은 기존에 만들어진 지역문학관을 지원하고 보조하기 위한 네트워킹 사업을 주요사업 중 하나로 꼽고 있다. 국내에 산재한 문학관의 심장부가 되겠다는 뜻이다.

국립한국문학관이 지역에서 미처 손을 대지 못하고 있는 남북 및 국제 교류와 협력 사업으로도 영역을 넓힌다니 기대가 크다. 듣자면 건립을 앞두고 예산 확보가 늘 난항을 겪는 모양이다. 문화체육관광부가 하는 일을 기획재정부가 발목을 잡아서는 안 된다. 한국문학으로 한류의 세계적인 확산을 준비한다는 측면에서도 예산 부처가 마음먹고 힘을 실어줘야겠다.

오래전부터 작가의 이름으로 문학상이 운영되고 있음에도 문학관이 없는 작가도 많다. 시인으로는 김소월 이상 백석이 대표적이다. 김소월과 백석은 출생지가 북한이어서 외면당하고 있는 것일까? 그렇다면 서울에서 태어난 이상은 왜? 나는 생존해 있는 작가를 위해 문학관을 만드는 일은 서두를 필요가 없다고 생각한다. 작가나 작품에 대한 평판이나 대중의 관심도는 얼마든지 바뀔 수 있기 때문이다. 하지만 한국문학사에 뚜렷한 족적을 남긴 작가를 기억하고 널리 알리는 일을 외면해서는 안 된다.

그게 반드시 문학관이라는 건물을 통해 가능한 것만은 아니다. 최소한 수십억, 많게는 수백억원의 돈을 들여 문학관을 짓는 데 골몰하지 말자. 우리의 문학 자산을 발굴하고 활용하는 방식을 획기적으로 바꿀 필요가 있다.

프랑스인들은 릴케가 걷던 길을 잊지 않고 기억하며 쿠바를 여행하는 사람들은 헤밍웨이의 단골 술집을 찾는다. 문학관이라는 건물의 형식과 규모에서 눈을 떼고 작가가 자주 들렀던 카페를 누구의 문학카페로 정하고 사진이라도 한장 걸어놓자. 시골의 쓰러져가는 정미소를 문학정미소로, 사라져가는 사진관을 문학사진관으로 리모델링하자. 지자체에서 조성하는 공원을 누구의 문학공원으로, 작가가 졸업한 학교의 도서관을 누구의 문학도서관으로 명명하자.

(2021)

세계는 배반하면서 성장한다

식물은 볼 수 있다.

그리고 계산을 하고 서로 의사소통을 한다.

그뿐만이 아니라 미세한 접촉에도 반응하고 아주 정확하게
시간을 잴 수 있고 수를 셀 수도 있다.

『식물의 사생활』서문에 실린 이 석줄의 문장이 오랫동안
가슴에 박혀 있다. 식물에 눈과 귀와 입을 달아주고 시계를
채워주고 산수 능력을 부여한 저자의 통찰력은 우리의 상상
력을 자극하고도 남는다. 사람을 세계의 중심에 놓고 세계를
인식하는 방법은 이기적이며 그것은 지겹다. 시적인 것은 세
계를 보는 눈을 교정하는 데서 시작한다. 시적인 것은 바로

이것이라는 확신을 하는 순간 홀연 자취를 감춘다. 그 확신을 부지런히 전파하고 교육하는 동안 세계는 뻣뻣해진다. 그걸 우리는 관습화된 일상이라고 부른다. 문학은 끊임없는 일탈과 전복을 꿈꾸기에 좋은 놀이다. 놀면서 건설하고, 허물어뜨리면서 달아나고, 정착하다가 부유하는 길이 문학의 길이다. 문학이 세상을 지배한 적은 없었다. 하지만 세상을 지배할 거라는 헛된 야망이 문학을 하는 이들의 마음속에는 깃들어 있다. 문학을 취미나 업으로 삼는 이들은 대부분 그 미몽을 붙잡고 산다. 밥이 되지 않는 문학이 위대해 보이는 이유가 그것이다. 그러니 문학으로 밥을 얻으려고 한 이들은 더욱 가난해지고, 문학으로 이름을 알리고자 한 이들의 명함은 더욱 초라해질 수밖에. 한때는 문학으로 세상에 득이 되는 어떤 걸 해보고 싶었다. 문학으로 부조리한 세상을 바꾸는 일에 소박하게 손을 하나 얹고 싶었다. 그런 형태의 기획은 자주 문학주의자들의 돌을 맞았지만 아프지 않았다. '펜은 무기다'라는 문구가 적힌 검은 티셔츠를 입고 김훈 선배님을 만난 적이 있었다. 복무하는구나. 나는 겁도 없이 말했다. 조직에 복무하고 있습니다. 그이가 눈을 크게 떴다. 사실 나는 복무할 조직이 없었다. 건실한 조직으로부터의 이탈을 소망하는 게 문학의 속성이라고 말하지 못했다. 30년 전의 일이다.

쓴다는 것, 여전히 무섭다. 뭔가를 쓰고 나면 내 삶이 거기에 쓴 대로 흘러간다는 걸 여러번 느낀다. 내가 시를 썼는데 시가 나를 감시하고 지시한다. 모든 언어가 주술적인 힘을 갖고 있다고 믿는다. 시는 언어가 언어끼리 만나서 자신의 영향력을 과시하는 형식이다. 마치 땅에 심은 나무가 뿌리를 뻗어 땅에 구멍을 내는 것과 같다. 언어는 그 시를 쓴 사람의 미래까지도 간섭한다. 문자언어보다는 음성언어의 능력이 약하기는 하다. 가만히 둘러보라. 짜증,이라는 말을 자주 입에 담는 사람은 짜증스럽게 살아가는 사람이다. 사소한 문자메시지 하나가 삶을 송두리째 옭아맬 수도 있다. 시어는 특히 무당의 언어와 같아서 여간 조심스럽게 다루지 않으면 안 된다. 일필휘지 한번 해보지 못하고 열권의 시집을 냈다. 말조심을 했어야 했다.

돌도 숨을 쉰다고 생각한다. 모래도 청첩장을 돌리고 축의금을 내고 끼리끼리 모여 산다. 진흙은 진흙탕이 되도록 싸우고 삿대질하고 그러다가 화해하고 늙어간다.

남의 시를 열심히 읽는 편이다. 시인은 시를 쓰는 사람이 아니라 시를 읽는 사람이라고 생각할 때도 있다. 2000년대 이후에 등장한 젊은 시인들의 시도 예외가 아니다. 그들은 어느 순간 그들 이전의 시를 한심한 종잇조각으로 만들어버렸다. 그들 이전의 시는 이제 바람 빠진 타이어가 되었다. 안일하고 구태의연한 상상력, 빛바랜 감각, 속이 보이는 투명성, 고정화된 행 구분, 삶을 뒤집지 못하는 어법들은 흘러간 옛 노래가 되었다. 젊은 시인들은 모호해지면서 또렷해졌다. 그들은 다양하게 뿔뿔이 흩어지면서 하나로 결집했다. 그들이 난해성의 어떤 극단까지 시를 밀어붙이자 내 친구는 이렇게 말했다. 그딴 게 시야 뭐야. 당최 읽을 수가 없어. 이제 독자들이 겨우 붙잡고 있던 시의 끈을 놓아버리는 거 아냐. 나는 걱정하지 않는다. 김경주에게서 김소월을 찾을 필요가 없기 때문이다. 오은을 읽으면서 왜 황동규를 염두에 두지? 세계는 배반하면서 성장한다. 나는 젊은 시인들의 배반의 싱그러운 배짱을 좋아한다. 특정한 목적지 없는 발걸음을 좋아한다. 그렇지만 의문이 없는 것은 아니다. 한국이라는 땅의 구체성의 습지에 조금만 더 몸을 비빌 수는 없나? 포털사이트로만 뉴스를 보지 말고 종이신문을 좀 뒤적거릴 생각은 없나? 우리 삶은 풍요로워졌고 형식적인 갱신을 이루었으나 삶의 질과 품격이 높아진 것은 아니지 않나? 외래어를 반드시 차용해야 낯설게 만드는 거야? 설마 김수영의 '온몸'을 까먹고 있는 건 아니지? 송재학이나 송찬호처럼 오래 시적일 자신이 있는 거야? 나는 뒷방 노인처럼 중얼중얼.

　문학과 나는 서로 집중하는 사이였다. 서로 집중해달라고 칭얼대던 때도 있었다. 그때는 문예지 목차에서 내 이름이 제일 끄트머리에 있을 때였다. 문예지에 실리는 이름이 점점 위로 올라갈수록 집중도가 떨어진다. 문학은 나를 방치하고 나는 문학을 방치한 결과다. 그렇다고 해도 아등바등 매달리지는 않는다. 가끔 집중하고 가끔 논다. 일용직 노동자처럼, 지금은 쓴다. 문학이 나를 배반하지 않은 게 그게 어디야, 하면서.

(2019)